外国文学
经典阅读丛书

美国文学经典

摇钱树

yaoqianshu

[美] 薇拉·凯瑟 / 著

陈良廷等 / 译

百花洲文艺出版社
BAIHUAZHOU LITERATURE AND ART PRESS

目 录

yaoqianshu

雕刻家的葬礼

一群市民站在堪萨斯州一个小城的车站侧线旁,等待着夜班火车的到达,车子已经晚点二十分钟了。厚厚的雪盖住了大地万物。在暗淡的星光下,城市南边那片辽阔的白皑皑的草地对面,悬崖的轮廓衬托着晴朗的夜空,显示出烟雾弥漫的柔和线条。站在铁路侧线上的人们两只脚轮流在地上跺着,他们的手深深插在裤袋里,大衣敞开着,冷得肩膀都耸起来了。他们的眼光不时朝东南方看着,铁路路轨就是从那边沿着河岸蜿蜒而来。他们小声交谈着,焦躁不安地走来走去,似乎不知道在等些什么。这群人中只有一个人看上去十分清楚自己到这里来的目的,他泾渭分明地独处一隅,远远走到月台尽头,回到车站门口,又沿着路轨慢慢走去。他的下巴颏儿藏在竖起来的大衣高领子里,耷拉着结实的肩膀,步子沉重有力。不一会儿,有一个头发灰白的瘦高个儿穿着一件褪色的大军团①的军装信步走出人群向他迎面走去,这人怀着几分敬意,伸长着脖子,背脊弯得像把成九十度打开的折刀。

“我看今晚车又得大大晚点了,吉姆,”他用一种刺耳的假嗓子说道,“多半是由于下雪吧?”

“我不知道。”另一位回答时带着一丝烦恼的神气,他满

---

① 大军团(Grand Army of Republic)是美国南北战争(1861—1865)后北方退伍军人组成的团体,以培植爱国主义精神,养成爱国心及抚恤阵亡战士的遗孀遗孤等为宗旨。

脸满嘴长着又厚又密的红胡子，话音就是从这把怪吓人的大胡子里发出来的。

那个瘦子把嘴里咬着的羽毛管牙签拿出来换到另一边。"我想东部不见得会有人和尸体一起来吧。"他沉思地继续往下说。

"我不知道。"那一个应道，态度比刚才更怠慢了。

"可惜他没有加入什么团体。我个人就喜欢一种安排得井井有条的葬礼。对于有点名望的人们那样好像恰当一些。"那个瘦子一面仔细地把牙签放进背心口袋里，一面接着往下说，他那尖得刺耳的嗓子带着讨好的意思。本城凡是合众国大军团举行的葬礼总是由他掌旗。

那个阴沉的人什么也没有回答，转过身就沿着铁路侧线走开了。这个瘦子又回到了那群心神不定的人中间。"吉姆还是照样喝得烂醉。"他不胜同情地议论说。

就在这个时候远处传来了汽笛声，月台上顿时一片脚步声。好多瘦瘦的男孩子，什么年龄的都有，就像鳗鱼被雷声惊醒一样，突然一起钻了出来。有的从候车室来，他们原来在那里的炉前取暖；有的在木条长凳上打瞌睡；还有的从行李车上舒展身子爬下来；又有的从货车里溜出来；还有两个从靠近侧线、停在后面的灵车的赶车人座位上跳下来。他们舒展一下佝偻的肩膀，抬起头，在这一刹那，听到那令人毛骨悚然的响亮笛声，那个天下一律的召唤人们的笛声，让人们迟钝的目光暂时闪耀着生气。这下笛声像号角声那样激动着人们，今晚上要回来的那个人童年时期听了这笛声也常常如此激动。

夜班快车飞也似的驶来，像火箭一样红通通，从东方的沼泽地，绕过河岸，穿过长长两行迎风摆动的保护草地的白杨树，排出的蒸汽凝成灰蒙蒙的一团团，悬挂在暗淡的夜空中，把银河也遮得看不清了。一时间车头灯红得耀眼的光芒直泻在白雪覆盖的侧线旁的路轨上，照得那湿漉漉的铁轨闪闪发亮，那个长着乱蓬蓬的红胡子的彪形大汉三脚两步跨上月台，朝开来的火车走去，边走边脱帽致敬。他后面那群人犹豫不决，疑惑地面面相觑，也尴尬地学着他的样子。火车停下了，这群人拥到火车前面，刚好赶上车门打开，穿着大军团军装的人好奇地拼命探头探脑。车上的信差陪着一个穿着长外套，戴着旅行便帽的年轻人出现在车门口。

"梅里克先生的朋友来了吗？"那年轻人问道。

月台上的人们不自在地摇摆着，银行家菲利普·费尔普斯庄严地说道："我们是负责来接灵的，梅里克先生的父亲身体很虚弱，他来不了。"

"叫代理人出来，"车上的信差咆哮着说，"叫经纪人来帮一下忙。"

灵柩从粗木箱里取出来放在积雪的月台上，市民们先是退后一些让出了一块地方，紧接着又围成一个半圆形站在灵柩旁边，好奇地看着那黑色的棺盖上的荣誉勋章。谁也不说话。搬行李的人待在卡车旁等着拿箱子，机车沉重地喷着气，司炉工在车轮中间举着黄色的喷灯和长长的油壶钻出钻进，敲打着主轴的轴承箱。年轻的波士顿人，他是已故的雕刻家的一个学生，陪着灵柩到这里来，现在四面张望着，一筹莫展。他转身向着银行家，这是这群心神不宁，耸肩曲背，黑压压一片人中唯一可以打听的人。

"梅里克先生的兄弟们一个也没来吗？"他没把握地问道。

那个红胡子这才第一次走上前来，站在人群里。"没有，他们还没来呢。他们家是分开住的。尸体就一直运到家里去。"他弯下腰来,握住了灵柩的一只把手。

丧事承办人啪地关上了灵车的门,打算爬上赶车的座位上去,马车行老板叫道:"打那条长的山路走,汤普森,那边骑着马好走些。"

莱尔德,那红胡子律师,又一次冲着这个陌生人说:"我们原先不知道有没有人陪他来,"他解释道,"这条路挺长,你最好还是坐马车走。"他指着一辆旧的单人马车。可是那年轻人生硬地回答说:"谢谢,如果你不在意的话,我还是愿意跟灵车一起走。"他转身向丧事承办人说,"我和你坐在一起。"

他们爬上了车,在星光下沿着那长长的积雪的山路向城里驶去。寂静的村庄,低低的积雪的屋檐下闪耀着灯光。两边的原野空旷无垠,如同漠漠的天空那么宁静而辽阔,大地笼罩在一片看得见摸得到的白色的安谧中。

灵车回到一所光秃秃的、饱经风霜的木结构屋子前面的那条木头人行道边,像在车站侧线上一样,同样那一群人又乱糟糟挤成一团,等在大门口。前院是一片结了冰的水洼,几块七翘八裂的厚板从人行道一直搭到屋门口,像是摇摇晃晃的独木桥。大门只连着一副铰链,好不容易才把门敞开。史蒂文斯,那年轻的陌生人看到有些黑的东西缚在前门把手上。

灵柩从灵车中卸下时发出了吱吱嘎嘎的声音,一听得这声音,屋子里顿时传来一声哭叫。前门猛地打开,一个高大的胖女人没戴帽子便冲到雪地里,扑在灵柩上,尖声叫着:"我的儿呀,我的儿呀!你就这样回家来,回到我身边来吗?"

史蒂文斯扭过身去,一种说不出的厌恶心情油然而生,他不由得不寒而栗,闭上了眼睛。另一个女人,个儿也是高高的,不过长得平头整脸,骨瘦如柴,全身穿着丧服,从屋子里冲出来,抱住梅里克夫人的肩膀,刺耳地叫道:"行了,行了,妈妈,你不能再这样下去了！"接着她又扭过头对着银行家，马上换成一本正经的谄媚语调说，"客厅准备好了，费尔普斯先生。"

抬棺人抬着灵柩走过狭窄的木板，丧事承办人拿着灵柩的撑架奔在头里。他们把灵柩安放在一间没生炉子的大房间里，房里一股湿气，夹着空关多年和家具油漆的味儿，灵柩就搁在一盏吊灯下面，灯上挂着叮叮当当响的玻璃流苏，灵柩面对着一组罗杰斯①雕塑的约翰·奥尔登与普里希拉②群像，塑像上放着个花圈。亨利·史蒂文斯望着他的周围，恶心地断定这一定搞错了，他大概是走错了地方。他望着草绿色的布鲁塞尔地毯，富丽堂皇的室内装潢，手工画的瓷器，装饰板、镶嵌板以及瓶瓶罐罐，想认出某种标志——找出某些凭想象猜测过去可能是属于哈维·梅里克的东西。最后他终于看到了钢琴上方挂着一幅蜡笔肖像画，认出了画上那个穿苏格兰短裙的卷发小男孩原来就是他的朋友，这才感到愿意让这些人挨近灵柩。

"掀开盖子，汤普森先生，让我见我孩子一面。"那个上了年纪的女人抽抽噎噎，边哭边说。这一回史蒂文斯心里害了怕，几乎苦苦哀求地看着她的脸，只见一头乱蓬蓬的头发又浓又黑，下面一张脸又红又肿。他脸红了，垂下了眼睛，然后又几乎怀疑地再看着她。她的脸上看得出一种威风，也可以说是清秀中透着一股凶相。不过这场飞来横祸在这张脸上留下了伤痕和皱纹，强烈的感情使这张脸涨得通红，显得粗气，看上去她还从来没有碰到过一点伤心事呢。长鼻子，鼻尖肿得像个蒜头，鼻子两边各有一道深深的皱纹，浓黑的双眉几乎在额头上

---

① 约翰·罗杰斯（1829—1904）：美国雕塑家，以雕塑群像而闻名。
② 约翰·奥尔登（1599—1687）：普利茅斯殖民地的移民，传说与普里希拉·马伦费斯发生爱情，诗人朗费罗在《迈尔斯·斯坦迪什的求婚》中提到此事，因而知名于世。

凑到一块儿，牙齿又大又方，长得又稀——这口牙真能咬人似的。房里全是她一个人的天下，男人们就没人注意了，他们就像嫩枝在汹涌的浪涛中给打得翻来滚去，就连史蒂文斯也感到自己正在被卷到漩涡里去。

他们家的女儿，就是那个瘦筋包骨的高个儿女人，穿着一身绸衣服，因为丧事头上插着一把梳子，说来也怪，这一来原来那张长脸竟显得更长了。她身子僵直，坐在沙发上，那双手，指关节又粗又大，特别显眼，叉着放在膝盖上。嘴巴和眼睛都向下，一本正经等待灵柩打开。门口站着一个黑白混血儿的女人，一看就知道是这家的佣人，战战兢兢，脸色憔悴，愁眉不展，老实巴交的，一副可怜相。她默默哭着，拉起印花布围裙的一角拭着眼睛，有时还硬咽下长长一声颤抖的呜咽。史蒂文斯走了过去站在她身旁。

楼梯上传来了微弱的脚步声。一个老人，个子高高的，看上去身体很虚弱，一股烟斗味儿，满头银发乱蓬蓬的，满嘴邋遢的胡子，口角还沾着烟草星子，恍恍惚惚地走了进来。他慢慢走到灵柩旁边，站在那里两手不停地揉着一块蓝手绢，看到他妻子过分悲伤，他似乎又痛苦又焦急，弄得对什么都漠然无知了。

"来，来，安妮，亲爱的，别这样。"他战战兢兢地说，伸出一只抖抖索索的手，尴尬地拍拍她的肘弯。她转过身来，猛地扑到他肩头，使他打了个趔趄。他连正眼也没有朝灵柩看一下，却老是用迟钝而害怕的哀求神情望着她，就像一头长耳狗看着鞭子似的。他那凹陷的双颊因为痛苦的羞惭而逐渐红得发烫了。这时他的妻子冲出了房间，女儿紧闭着嘴跟着迈步出房。佣人偷偷走到灵柩前面，弯下腰来看了一会儿，也溜到厨房里去了，间里只剩下史蒂文斯、律师和做父亲的三个人。老头儿站着，低头望着他死去的儿子的脸。雕刻家那才气横溢的脑袋在这种僵硬的静止状态下，看上去比活着的时候更显得高贵了。几绺黑发披散在宽阔的额头上，脸蛋看上去长得出奇。可那副遗容并不像一般的死人。双眉常常紧锁，所以在鹰爪鼻梁上端有两条深深的皱纹。下巴昂然翘着。看来紧张的生活对他是辛酸而痛苦的，即使是死到临头也没能一下子放松这种紧张，让死者的仪表完全恢复安宁——看上去他仍旧像在保护什么宝贝，免得被人家夺走。

老头儿两片嘴唇在沾着烟草的胡子下蠕动着。他转身向着律师，胆怯里透着尊敬，问道："费尔普斯和其他人都回来安排哈维的事了吧。是吗？真得谢谢你了。吉姆，谢谢。"他轻轻把头发从儿子的额头上拂去。"他是一个好儿子，吉姆，一向是个好儿子。他就像个孩子一样老实巴交，是他们当中心肠最好的了——不过我们没有人能了解他。"眼泪慢慢淌到胡子上，滴在雕刻家的衣服上。

"马丁，马丁！哎呀，马丁啊，你上来啊。"他妻子在楼上嚷着。老头儿怯生生地吓了一跳。"来了，安妮，我来了。"他转过身去，又犹豫起来，痛苦得不知所措地呆了一会儿，又回过来轻轻拍了拍死者的头发，然后磕磕绊绊走出去了。

"可怜的老头儿，我看他眼泪都哭干了，那双眼睛好像早就干枯了，活了这么一把年纪，什么事也不能使他大大伤心了。"律师说道。

他的语气里似乎话里有话，史蒂文斯不由看了他一眼。刚才那做母亲的在房间里的时候，这个年轻人几乎什么人都没瞧见。可这会儿他第一眼看见吉姆·莱尔德那红润的脸和充血的眼睛，才知道他已经找到了他先前因没有发现而闷闷不乐的东西——那种感觉，那种了解，即使在这里，必定也有人会有的。

这个人脸色跟他胡子一样红，因为贪杯，面部浮肿，像个花脸，还有一双火热的、发光的蓝眼睛。他脸绷紧着——这说明一个人正在勉强克制自己。他不断用一种强烈不满的手势拔自己的胡子。史蒂文斯坐在窗口，看着他拧暗那耀眼的灯光，吊灯上的流苏叮叮当当直响，他用一个愤怒的手势止住流苏的晃荡，然后他就背剪双手，直瞪瞪看着那大师的脸。他禁不住心里纳闷，不知道这件瓷器和那么一块乌漆抹黑的陶土两者之间有过什么样的关系。

厨房里传来了咆哮的声音。餐厅的门一打开，说话声音就听得清楚了。原来做母亲的正在漫骂女佣，数落她忘了给守灵的人们准备的鸡色拉放调味品。史蒂文斯从来没有听见过这样的骂声。这番辱骂气冲斗牛、情绪激动、活像演戏、骂得刻毒透顶，巧妙极了，真叫人受不了，气势汹汹，无法抑止，如同二十分钟前她突然大放悲声一样。律师不由得憎恶地打了个哆嗦，走进餐厅，把通厨房的门关上了。

"可怜的罗克珊这回可真够受的，"他回来的时候说道，"梅里克家几年前才把她从贫民院里领了出来，要不是这可怜的老婆子对主子一片忠心，她讲的故事准能吓得你浑身冰凉。我说的就是那个混血儿女人，刚才还站在这里用围裙擦眼睛的。这个老东西真是个泼妇，从来没有看见过这样的人。她害得哈维在家里没好日子过。他对此感到羞愧难言。我真不明白他为人怎么还能那么和蔼可亲。"

"他是了不起的，"史蒂文斯慢吞吞地说，"了不起。不过到今晚我才知道他是多么了不起。"

"不管怎么样，这是一个不朽的奇迹吧。即使在这么一堆粪下面，也会出现这样的奇迹。"律师说话时做了一个横扫一切的手势，言下之意他指的远远不止他们眼下身处的这四堵墙以内的事情。

"我想看看能不能换点儿新鲜空气，这房间闷得我快要晕倒了。"史蒂文斯一面摸索着想打开窗子，一面咕哝。

可窗子怎么也打不开，他只好垂头丧气地坐下，动手敞开衣领。律师走过去，伸出红通通的拳头，一拳就把窗柜打松，这才把窗子打开了些。史蒂文斯向他道谢，可是刚才半小时待在这儿的这股恶心现在已经升到他喉咙口了，他只有一个念头，一种出于无奈的感觉，就是他必须离开这个停放哈维·梅里克遗体的地方。哦，他现在才充分理解他常常看见老师唇边挂着的那丝微笑所饱含的辛酸。

一次，梅里克做客归来，他带回一个情调独特，令人浮想联翩的浮雕像，雕的是一个枯瘦干瘪的老太婆，坐着在缝膝头上钉着的什么东西。身边是一个生龙活虎的厚嘴唇小淘气，裤子上的背带只剩了一根，站在一边，不耐烦地拉着她的衣服，要她看他抓到的蝴蝶。史蒂文斯看到那张瘦削疲倦的脸上表现出来的温柔，精致的造型，令人印象深刻，他还曾经问过梅里克，这是不是他的母亲。他记得雕刻家的脸顿时热辣辣的，臊红了一阵子。

律师坐在灵柩旁边的摇椅上，他的头往后靠着，眼睛也闭上了。史蒂文斯认真地望着他，不知道他那下巴的线条怎么样，心里不由感到奇怪，一个人怎么能把这样富于特征的脸藏在那么破坏形象的一把大胡子下呢。吉姆·莱尔德突然像感觉到这青年雕刻家那敏锐的眼光了，马上张开了眼睛。

"他经常是不大说话的吧？"他没头没脑问道，"他过去胆子小得像个孩子。"

"是啊，说起来，他是不大开口的。"史蒂文斯回答说，

"虽然他可能很喜欢人家,可是他给人们一个离群索居的印象。他不喜欢强烈的感情。他多思善虑,而且有点儿不相信自己——当然啰,只有谈到他的工作是例外。他对自己的工作还是充满信心的。他完完全全不相信男人,更不相信女人。总而言之他不信任坏人,当然他决定要信任好人,可是他又怕去做调查。"

"烫伤的狗儿害怕火。"律师冷言冷语说,说罢又闭上了眼睛。

史蒂文斯一个劲儿说下去,描述一遍那整个痛苦的童年。所有这些刺痛人心的丑陋的东西已经成了这个人的一部分,他的脑子一定得成为一个取之不竭的美丽印象的陈列馆。他的脑子是那么灵敏,哪怕只看到一片白杨树叶的影子在阳光下的墙上摇曳,也会铭刻在心头永远不忘。不错,如果说一个人的指尖有魔法的话,那就是梅里克。他无论接触到什么,都能揭示出最神圣的秘密:把它从魔法下解脱出来,恢复它纯朴的美。他无论接触到什么,都留下一份有着切身体会的美丽记录——一种微妙的具名,一种他自己的气息,自己的笔调,自己的色彩。

史蒂文斯现在才懂得他老师一生中真正的悲剧所在:他不是像多数人猜测的为了爱情而死,也不是为了爱喝酒而死;他是受了一种打击而死,这下打击比什么事情都来得早,而且创伤更深——他是出于一种羞耻感而死,尽管不是他自己的事,然而又逃不了他的份儿,这种羞耻感从他小时候就埋藏在他心灵深处了。而外表上——他是赤手空拳去打天下,一个被抛到一片举目无亲、满目疮痍的荒漠的孩子,抱着强烈的愿望出去打天下。尽管按传统说来这是纯洁的,古已有之和高尚的行为。

到了十一点钟，那身穿丧服的、平头整脸的高个儿女人宣布守灵人都到齐了，请他们"进餐厅"。史蒂文斯站起身来，那律师却冷冰冰地说："你去吧——这对你是一次很好的经历，我今天晚上可不要和这群人在一起，我已经跟他们打了二十年交道了。"

史蒂文斯关上门的时候，朝律师看了一眼，律师正坐在灵柩旁边那暗淡的灯光下，一只手托着下巴颏儿。

早先站在快车门口那一群模模糊糊的人影这会儿又拖着脚步走进了餐厅。在煤油灯光下他们分散开来变成一个一个的人了。牧师，一个脸色苍白，神态虚弱的老人，满头白发，还有一把金黄的连鬓胡子，他在边上一张小桌子旁坐下，把他的《圣经》放在桌上。身穿大军团军装的人坐在火炉后面，把椅子翘起来舒舒服服靠在墙上，顺手在背心口袋里摸出羽毛管牙签来。两个银行家，费尔普斯和埃尔德坐在餐桌后面的一个角落里，在那儿他们可以继续讨论新的高利贷法及其对贷款的抵押动产的作用。那个房地产捐客，是个满脸假笑的老头儿，他立刻就跟他们坐在一起。煤炭、木材商和牲口装运商面对面坐在煤炉两边，他们的脚搁在镀镍的炉架上。史蒂文斯从口袋里抽出一本书来看。这幢房子逐步安静下来，他周围的谈话全是有关本地各行各业的话题。当他肯定这家人全去睡觉了之后，身穿大军团军装的人耸起肩膀，把原先搁在椅子横档的双脚放下，松开了两条长腿。

"说不定有一张遗嘱吧，费尔普斯？"他用微弱的假嗓子问道。

银行家不以为然，哈哈一笑，开始用一把珍珠柄的小折刀修起指甲来。

"简直就没必要立一张遗嘱，对吗？"他反问道。

　　那坐立不安的、身穿大军团军装的人又把椅子换了个位置，双膝快顶到下巴上了。"咦，老头儿不是说哈维最近混得不错吗？"他喊喊喳喳说。

　　另外一个银行家插话道："我认为他的意思就是说哈维最近没有要他再多抵押一些田地，给他继续深造罢了。"

　　"我好像已想不起哈维没去深造前的模样了。"那穿大军团军装的人傻笑道。

　　人群发出了一片咯咯咯的笑声。牧师拿出了手绢，响亮地擤了下鼻子。银行家费尔普斯啪的一声收好了小刀。

　　"可惜这老头儿的几个儿子没一个有出息。"他沉吟一下，有根有据地说，"他们从来合不拢。他用在哈维身上的钱，足足可以买下十来个牧场的牲口，早知道这样，他还不如把钱扔进沙河①里呢。哈维当初如果待在家里，帮忙照料他们那点家业，到老头儿农场去饲养牲口，说不定他们早就富裕起来了。老头儿只好样样事情都托给佃户，弄得到处上当受骗。"

　　"哈维从来也不会饲养牲口，"牧场经纪人插话说，"他没干过这行，精明不了。你们还记得他买进山得尔那对骡子，当它们只有八岁吗？其实城里人人都知道这对骡子是山得尔的老丈人十八年前送给他老婆做结婚礼物的。这对骡子早就长足了。"

　　大伙儿都有分寸地笑了。穿大军团军装的人像孩子似的一下子乐得直揉膝盖。

　　"哈维从来干不了什么实际的活儿，他包管也不喜欢干活儿。"那煤炭木材商开口说，"我记得上次他回家来，临走的那天，老头儿到牲口棚去帮着长工套车送哈维上火车。卡尔·摩

---

　　①　沙河是流经堪萨斯州沙城的一条河。

茨正在修篱笆,哈维跑到台阶上,用他那娘娘腔的嗓子直叫
唤:'卡尔·摩茨,卡尔·摩茨!来帮我捆捆箱子。'"

"那就是你看见的哈维,"穿大军团军装的人附和道,
"我还听见他怎么号叫来着,当时他已经是穿长裤的大孩子
了,他妈还经常在牲口棚里用生牛皮鞭抽他,就因为他从牧场
赶牛回来的时候在玉米地里让牛摔倒了。有一回他就那样摔
死了我一头母牛——一头纯种的泽西牛,还是我最好的奶牛
呐,老头儿只好赔我。哈维只顾看沼泽地对面太阳下山,牲口
就趁机跑了。"

"老头儿错就错在送孩子到东部去上学。"费尔普斯一面
摸着他的山羊胡子,一面用不慌不忙、不偏不倚的调子说,"那
地方给他脑子里塞满了废话,特别是这个哈维只要在堪萨斯
城商学院上个初级班就行了。"

史蒂文斯眼前的字母都浮动起来,难道这些人真的认
为灵柩上的荣誉勋章对他们来说一文不值吗?要不是由于哈
维·梅里克这名字和世界有了联系,他们这城市的名字在邮政
指南里还是照旧默默无闻呢。他回想起他的老师临死那天对
他说的话。那是在知道两肺充血已经没有痊愈希望之后,雕刻
家要求学生将他的遗体送回老家去。"世界正在不断地进步,
发展和改善,那里并不是一个可供长眠的安乐乡。"他流露出
虚弱的微笑说,"不过到头来,我们还是应当叶落归根,从哪
里来,回哪里去。城里的人都会来看看我,他们把要说的都说
完了以后,我再听到上帝的审判也就没什么可怕的了。"

牧场经纪人还在发表议论:"四十岁就死对梅里克家的人
来说是太年轻了,他们一般都挺长寿的。也许他威士忌喝得太
多了吧。"

"他母亲家里的人可不怎么长寿,哈维体质从来也不怎么

13

壮实。"牧师和善地说。他本来还要多说几句。他曾经是这孩子上主日学校时的教师，也很喜欢他。不过他觉得他不宜多说话，他自己的儿子近况也不妙，有一个儿子最后一次乘快车回来后，在黑山那边的赌场里被人打死，这事还不到一年呢。

"无论怎么说，哈维经常物色酒，这是不消说的，只要是红酒他都要，花色酒也要，这一来他就成了个难得的傻瓜啰。"牧场经纪人继续说教。

就在这时，通向大厅的门格喇喇响了。大家都情不自禁地看着这边，只见吉姆·莱尔德走出来，大家都松了一口气。穿大军团军装的人一看见他那蓝眼睛充满了血丝，就赶紧把头低下。他们都怕吉姆。他是个醉鬼，不过他总能把法律曲解成符合于他的当事人的需要，这可是整个西部堪萨斯城没人办得到的，多少人想办都办不到。律师随手关上门，靠在门上抱着双臂，把头歪在一边。他出庭时如果采取这种姿势，人们常要竖起耳朵来听，因为这往往预示他就要滔滔不绝，大加挖苦了。

他用四平八稳的干巴巴的口吻开始说道："过去诸位先生在本城生长的青年们的灵柩面前坐着守灵的时候，我曾经数次叨陪末座。如果我没记错的话，每当你们回顾他们的一生，从来没有一个人是你们满意的。这到底是怎么回事？为什么要找个可尊敬的青年就像在沙城里找百万富翁那么难呢？如果来了个外人，人家一定会觉得你们这个进步的城镇有点儿问题吧。为什么鲁本·塞耶，你们培育出来的这位最聪明的律师，他从大学里回来的时候还是非常老实的，竟会喝上了酒，伪造支票，终于开枪自杀呢？为什么比尔·梅里特的儿子在俄马哈的酒馆里死于酒精中毒呢？为什么眼前这位汤姆斯先生的儿子被人在赌场打死呢？为什么年轻的亚当斯为了欺骗保险公司，烧了工厂，结果进了监狱呢？"

律师顿了一下，他松开双臂，把一只捏紧的拳头按在桌子上。"我来告诉你们为什么。因为你们从他们还穿灯笼裤的时候灌输给他们的就是金钱和欺诈。因为你们对他们百般挑剔，就像你们今晚在这儿挑剔一样。你们把我们的朋友费尔普斯和埃尔德奉为他们的楷模，如同我们的祖辈把乔治·华盛顿[①]和约翰·亚当斯[②]奉为楷模一样。可是小伙子们还年轻，对于你们交给他们的事业还不熟练，他们怎么比得上费尔普斯和埃尔德那样的能人呢？你们希望他们成为出人头地的恶棍，可他们只是并不出人头地的恶棍——就这么点儿区别。在这个五方杂处，又有流氓习气，又有文明风尚的环境中长大的青年人中，只有一个没有倒霉，你们为了哈维·梅里克干出了点名堂就特别恨他，比恨那些被淘汰的小伙子还要厉害。天哪，天哪，你们多么恨他呀！眼前这位费尔普斯最爱说他什么时候高兴就能把我们全都买进或卖出，可他知道哈维丝毫也不把他的银行和全部牧场放在眼里，一点儿都没兴趣，费尔普斯在这上头可真伤心。

"老尼姆罗德以为哈维酒喝得太多，其实这是因为尼姆罗德和我酒喝得太多的缘故！

"埃尔德兄弟说哈维用老头儿的钱太多了——也许是经济方面有困难。说起来我们都记得很清楚，埃尔德在法庭上作证的腔调，他竟说他自己的父亲是一个骗子。我们全都知道那老头儿和儿子合伙了一场，结果竟弄得一文不名。不过也许我现在是在攻击人家了，我最好还是回过头来讲我要讲的话吧。"

[①] 乔治·华盛顿（1732—1799）：美国第一任总统。
[②] 约翰·亚当斯（1735—1826）：美国第二任总统。

  律师歇了一会儿，把两个压得够沉的肩膀放平，又接着往下说："哈维·梅里克跟我一起上东部读书。我们那时可认真啦，我们都想有朝一日你们能把我们引以为荣。我们立志要成为大人物，我当时也那样想，先生们，我头脑还是清醒的。我想成个大人物。我回到这儿来开业，我发觉你们一点儿也不要我成为什么大人物。你们要我成为一名精明的律师——哦，是啊！眼前我们这位退伍军人，叫我给他多争取点抚恤金，因为他得了消化不良；费尔普斯要县里来一次新的土地测量，那样就可以把威尔逊寡妇洼地上的小牧场划进他南边的地界里去；埃尔德要放贷款，月息五厘，还真给他收到利钱了；眼前这位斯塔克也要哄骗那些佛蒙特的老太婆，把她们的终身年金投资在房地产的抵押借款上，其实这些抵押借款根本不值票面价值上那么多钱。哎呀，你们才用得着我呢，你们今后还用得着我呢！

  "好吧，我回到这儿来了，变成了你们要我当的混账讼棍。你们装出对我有几分尊重。可是对哈维·梅里克你们就百般毁谤，就因为你们污辱不了他的灵魂，捆不住他的手。哎呀，你们都是对人另眼相看的基督徒，我曾经好几回在东部的报纸上看到哈维的名字，真叫我羞愧得像条落水狗似的抬不起头来。不过，另一方面我倒经常愿意想到他总算已经离开这个猪打滚的泥坑，走上他自己安排的那条阳关大道。

  "我们呢？既然我们都是钩心斗角，撒谎骗人，榨取钱财，明抢暗偷，互相仇恨，而且只有我们这死气沉沉的西部小城的人才干得出这等事，那我们还有什么好卖弄的呢？就算你们把所有的财产加在一起，哈维·梅里克也决不会在你们的沼泽地度过一个傍晚，这点你们也知道。天意难测，我也说不清为什么这么一个充满仇恨和苦难的地方竟然一直骂一个天才。

不过我希望波士顿来的这一位知道，今晚他在此地听见的那些胡言乱语、就是任何一位真正的伟大人物能够从眼前此地沙城一帮金融家，这么一批讨厌的、邪门歪道的癞皮狗，吞并人家田地的卑劣骗子嘴里听得到的唯一颂词——但愿上帝赐福给沙城吧！"

律师走过史蒂文斯身边，向他伸出手来，那个穿大军团军装的还没来得及抬起头伸长脖子来看看他的同伙，律师已经抓起大衣，走出屋子去了。

第二天，吉姆·莱尔德喝醉了，不能出席葬礼。史蒂文斯到他办公室去了两次，但一次也没见到他，就只好动身回东部去了。他有一种预感：以后一定还会遇见他，因此把自己的地址留在律师的桌子上。不过就算莱尔德看到了，他也决不承认。哈维·梅里克曾经爱过他的那部分气质，一定是随着哈维·梅里克的灵柩埋在地下了，因为他再也没有提到过这事。吉姆在开车穿过科罗拉多山脉为费尔普斯的一个儿子偷砍政府的木材出庭辩护时，竟受寒死掉了。

〔陈良廷译〕

一只金色的鞋

马歇尔·麦凯恩随着妻子和她的朋友波斯特太太走过卡内基音乐厅的过道来到台前，然后一步步登上舞台，流露出一种无法掩饰的不情愿的神情。上帝知道他从不去音乐会，而像这样给弄到舞台上来实在荒唐，好像他是来自西韦克莱的一个"学识渊博"的人，或是有一个音乐家妻子的倒霉蛋。在他还是个小伙子、而且正在求爱的时候，他去过音乐会。等他成了一个有钱人以后，他就再也不干这种无聊的事了。他妻子也是一个通情达理的人，她是匹兹堡一个古老家族的女儿，和麦凯恩的家庭一样，她的家庭根基深厚，经济富有。要不是那个多事的波斯特太太来看望她，她也根本不会打扰他，让他去音乐会的。波斯特太太是麦凯恩太太的老同学，住在辛辛那提，因此她总是赶上时代潮流，谈论一些别人都不感兴趣的事情，音乐就是其中之一。

她是个有进取心的女人，发表的意见很有分量；她那低沉的嗓音就像一支快乐的巴松管。她是昨天晚上才到的，晚饭桌上她提出她无论如何不能错过基蒂·艾尔夏的独唱音乐会，她说，这种音乐会任何人都不会错过。

早晨，麦凯恩去市中心，发现音乐厅的票已经销售一空。他打电话把情况告诉了妻子。他以为此事已经了结，就预订了一张晚上十一点二十五分去纽约的火车票。他没买到包房卧铺票，因为最后一张已被这个基蒂·艾尔夏买去了。他不想等到下星期再去纽约，情愿在波斯特太太来访期间出门。

上午九时左右，他正埋头处理来往的信件，妻子来电话告诉他，那位波斯特太太很积极，她给在西韦克莱的几位朋友去过电话后，知道将要在音乐厅舞台上、钢琴后面的地方安放两百只折叠椅子，这些票将在中午出售。是不是请他去买几张第一排的票？麦凯恩问她们是不是能原谅他，因为他要坐晚车去纽约，旅途将很劳累，再说他要没时间换衣服了，等等。不，那可不行。没有人陪伴，两个女人走到台上去那太傻了。波斯特太太的丈夫总是陪她去听音乐会的，她希望能得到主人更多的关心。再说他也不需要换礼服，从音乐厅出来可以叫一辆出租汽车直达东自由火车站。

事情的结果就是这样：尽管麦凯恩的旅行袋已经在火车站了，可人还在音乐厅里。他坐在许多音乐爱好者和兴奋的老妇人中间，心情极坏，面对着他的是一大批他很熟悉的听众。只有极端的热忱和病态的好奇心才能使人在那种木椅中坚持坐上两个小时。台上乱哄哄的，他坐在第一排，不管怎么他还是参加了一项他最瞧不起的活动。

麦凯恩曾经去过巴黎，当时基蒂·艾尔夏也刚好在科米克演唱。即使在没什么别的更好的事情可做的巴黎，他也不愿去听她演唱。人们过多地谈论她、吹捧她，总是把她在美国人面前抬出来，好像她是某个值得骄傲的人物似的。有些香水、衬裙和薄片牛排都用上她的名字。有一天下午，有人把她指给他看，当时，她正和一位法国作曲家一起坐车行驶在布洛涅树林①里，他估计这位作曲家年纪大得足以做她的父亲。据说是他迷上了艾尔夏，被她弄得神魂颠倒了。麦凯恩听说，这是老年人的有历史意义的激情。当时他注视过她，可是她身上装饰着

_____

① 巴黎西部一个大公园。

很多褶边、羽毛，他只看到一个优美的轮廓和一个又小又黑的脑袋，脑袋下面围着一条白鸵鸟毛围巾。然而他也厌恶地注意到她身旁那个男人，他戴着绸质大礼帽，拘挛着双肩，嘴唇下面长着一撮白胡须，背部显出老年人的线条。麦凯恩只是在昨天晚上脱衣服时才将这个不愉快的场面讲给妻子听，他是在想方设法逃避去音乐会。但是贝茜看来毫不动摇，她说她想去听基蒂·艾尔夏唱歌，还说她对艾尔夏的"私生活"并不感兴趣。

唉，他现在在这儿了，坐在一把过于狭小的椅子里，又热又不舒服，一排耀眼的舞台脚灯照着他的双眼。突然，靠近他右胳膊肘的那扇门打开了。他们的座位在第一排的最边上，他觉得这样比坐在中间不起眼些，可是他没料到那位歌唱家每次上台都要打他面前走过。每次走过时她的天鹅绒裙裾都擦着他的裤子。欢迎她的掌声既不很热烈，时间也不长。她的保守的听众真不知该怎么接受她那一身打扮。他们习惯于庄严的演出礼服，就像匹兹堡的太太们（在那些年代里）在她们的女儿初次参加社交活动的茶会上穿的那种衣服。

基蒂那天晚上穿的长衣确实是人们接受不了的，这是一个缺德的巴黎服装设计师根据她的暗示设计的——她希望做一件在美国人看来完全是新颖的衣服。今天，在我们所有的人，甚至偏远省份里的人，经过各种跳俄罗斯芭蕾舞的熏陶后，我们会爽快地接受这样一件长衣。即使如此，这件衣服就是对脾气随和的人来说还是有点儿唐突的感觉。

这件长衣是用一两码绿得刺眼的天鹅绒做的，任何一个并非绝色美人的妇女见了都会吓一跳。况且衣服没有袖孔，这种新样式我们当时非常看不惯，觉得它只能用来吓吓人。

她的天鹅绒裙子后面开了叉，露出透明的金色薄纱衬裙、金色的长筒袜和金色的鞋。狭窄的裙裾明显地绕在她的脚踝上，而且像一条蛇尾似的一直缠绕到脚上，金色的里子翻到了外面，好像它正仰天躺着在扭动似的。我们觉得穿这件衣服唱莫扎特、亨德尔和贝多芬的歌曲是不合适的。

基蒂感觉到了气氛的冷淡，这使她感到很有趣。她喜欢被同行的艺术家们认为是个优秀的艺术家，但是却喜欢被全世界看作是一个勇敢者。根据经验和先例，她有一切理由相信，要赚钱并使自己的名字家喻户晓，最有效的方法就是要使广大观众大为震惊。当然，作为艺术家，到目前还没有一个人做到了家喻户晓。只有在你的名字代表人行道上或是理发店里的某件东西的时候，你才是个真正的挣大钱的人。基蒂带着审视的目光打量着观众。观众这种不满情绪激励着她，她很喜欢这种刺激性。面对着这种顽固的观众，她感到很有趣，也很高兴。她明白自己能演唱一场花了钱也不常能听到的独唱音乐会。她愉快地朝年轻的钢琴伴奏点了点头，神情变得严肃起来，开始演唱一组贝多芬和莫扎特的歌曲。

尽管麦凯恩不愿承认，音乐厅里还真是有许多人懂得他们国家这个异国归来的流浪女儿唱的是什么，唱得有多么美。由于她那美丽的歌喉和细腻的表演，观众的态度逐渐温和起来。当时她很少在音乐会上露面，观众以为她主要靠歌剧中种种装饰品撑场面。他们没想到她竟然唱得这么精彩，具有这么完美的艺术技巧。他们甚至开始体会到她性格中顽强的魅力。

在她唱第一首歌曲时，麦凯恩冷冷地抬头看看音乐厅的二楼，等她唱到第二首了，他才谨慎地注视着他面前的那个绿色妖怪。他因为她还保持着初次登台的身段而生气。他轻松地把所有的歌星——主要是唱歌剧的歌星——分成"德国胖女人"或"点子多的茜迪"两类，基蒂并不适用于他这种聪明的分类法。她是在他面前唯一他认为值得一看的人——一个妙龄女郎，柔软，线条优美，敏捷，小小的迷人的肩膀，既不肥又不瘦的雪白的手臂。麦凯恩发现看着基蒂是件愉快的事儿。但是那位权威人士波斯特太太——她像一只公火鸡那么红通通的，马上要发表看法了——正用长柄望远镜仔细打量和品评台上的歌星，看到她这样，他又冷淡地望着整个音乐厅了。他摸摸手表，可他妻子用胳膊肘提醒地碰碰他，他注意到她的胳膊一点也不像基蒂的。

艾尔夏唱完第一组歌曲时，观众明确地但很谨慎地表达了他们的赞赏态度。她面向前排听众迷人地微笑着，又抬眼掠过二楼楼厅，然后转过身子，面对着挤坐在她身后的台上观众。她欢快而随便地向观众鞠躬，随即朝后台门退去。当她经过麦凯恩面前时，她的衣服轻轻地碰了他一下，这回她停顿了足够的时间低头看了看他，接着轻轻说了声："对不起！"

在她那明亮、好奇的眼睛停在他身上的那一刻，麦凯恩似乎看到了他自己，好像她在他面前举着一面镜子一样。他看到自己一副笨重、结实的模样，穿着一身和这样的时间及地点不相适合的衣服。一张红通通的方脸保养得很好，看得出他的生活条件不错，而且具有清醒的见解。这张脸上毫无表情，但还不完全像岩石那样冷酷无情，而有点儿像由砖和水泥压制出来的那么呆板，这是一张"生意人"的脸，岁月和感情没有在上面留下任何痕迹，可能只有鸡尾酒最终会使他脸上出现一嘟噜一嘟噜的肉。他以前在剃须镜中从来没有像今天在基蒂清澈的眼睛盯住他的那一瞬间、她的明亮而询问的目光掠过他的时候那么清楚地看到他自己。她的螺旋形的裙裾掠过他的靴子走掉了以后，他妻子转向他，用一个孩子在宣布自己暗中打探来的消息时才有的那种满意口吻说："她非常文雅，我敢肯定！"波斯特太太莫测高深地点点头。麦凯嗯哼了一声。

基蒂开始演唱第二组歌曲，这是一组德国抒情歌曲，总的说来，比第一组唱得更好。她转身答谢她身后观众的掌声时，她看到麦凯恩正用一只手捂住嘴在打哈欠，他当然没戴手套，他觉得她略微皱了皱眉。他并不因此感到不安，不知怎么反而感到很自豪。当她唱完第二组退下场的时候，她又一次在走过他面前的当儿奇怪地打量了他一下，她显然作了准备，没让衣服碰到他。对于她的周到的考虑，波斯特太太和他妻子又发了一通议论。

最后唱的是一组法国现代歌曲，基蒂唱得十分动人，原先冷淡的观众终于完全被激动起来了。她一次次回到台上向观众微笑，行屈膝礼，这当儿，麦凯恩悄声对妻子说，如果她还要再来一个，他最好还是去赶火车了。

"没关系，"波斯特太太插话说，"基蒂也要乘同一班火车。她明晚要去参加歌剧《浮士德》的演出，所以她不会再唱了。"

麦凯恩再次自语，他很替波斯特感到遗憾。最后，基蒂·艾尔夏小姐在伴奏陪同下回到台上，她给观众再演唱了一首最最流行的抒情歌曲，她清楚地知道这是观众想听的歌曲。这是一个法国歌剧的插曲，该歌剧的主角现已成为她的名字的同义词。歌剧是那位崇拜她的法国老作曲家献给她的，是他专门为她、并围绕着她写的，是他创作热情中最后的但不是最黯然无光的作品。歌曲终了，全场观众热情鼓掌。他们要求她再来一个，但是她不是那种可以强迫得了的人。过去她在暴风雨般的掌声中都挺过去了，相比之下，这回只能算是夏日的和风。她再次上场，耸了耸肩，向观众丢了个飞吻，走了。下场前，她最后朝坐在她身后最不舒适的地方的观众微笑，当她向木椅上的观众点头告别时，带着认识的神情看看麦凯恩和同他在一起的两个太太。

麦凯恩赶紧让波斯特太太和他妻子从最近的出口走进休息厅，然后把她们送上他的汽车。在上火车前，他去申利饭店喝了一杯啤酒、吃了点乳酪。他对自己承认，他其实并不像他装出来的那么烦恼。那个奇装异服的姑娘倒还可以，可笑的是他的同乡们却昂起了头像猫头鹰似的瞪着眼看她。他天性并不讨厌俏丽的女人，他甚至认为活泼的姑娘应在世界上有自己的地位，但只能局限在她们自己的地位中。他生来就是个长老会教徒，就像他生来就姓麦凯恩。每个星期日他都坐在第一教堂的家族专用席里；只要他在城里，他从不放过一次长老会的活动。当然，他的宗教信仰不完全是精神上的，而是物质的、具体的，由良好和坚强的信念和见解组成。他的宗教信仰是同公民权、同应该和谁结婚、同煤炭生意（在这一行里他的名字是显赫的）、同共和党以及所有的多数派和知名的先辈有关系的。他反对一时的冲动，反对热情、标新立异和所有的变革——只有矿业机械和运输方法的变革除外。

在申利饭店吃完便饭后，他的心情又平静了，他点起一支大雪茄，坐进出租汽车，车子在雨雪中向前驶去。

一路上听不到一丝声音，看不见一盏灯。冰雪在人行道和光秃秃的树上闪闪发光。外面没有闲逛的人。十一时，一排排小巧舒适的房屋看起来就像没活人住着似的，像阿勒格尼坟场一样。车子突然停住了，麦凯恩伸出脑袋，只见一个女人站在马路中间，在激动地跟他的司机说话。马路镶边石上一盏孤灯无精打采地竖在暴风雪中。那个年轻女人的披风被风吹得在她身上飞舞，看见麦凯恩，她转身向他说话，她说得很快，几乎有些语无伦次了。

"你能不能行个方便,帮帮我们的忙?那边是歌星艾尔夏小姐。汽油没了,我们没法走了。我们一定得赶到火车站去。小姐不能误车,她明晚要在纽约演出。那是场重要的演出。你能把我们送到东自由火车站去吗?"

麦凯恩打开车门:"行啊,不过你们得赶快。现在已经十一时十分了。要赶上火车可只有十五分钟。让她过来吧。"

女仆往后退了一步,抬头惊奇地看看他:"可是,还有行李要拿,小姐还要走!这路面就跟玻璃一样滑!"

麦凯恩扔掉雪茄,跟在她后面。走到那辆开不动的汽车门口,他默不作声地站住脚,女仆向艾尔夏说明她已找到人帮忙。司机不在,他到什么地方去打电话叫车了。艾尔夏小姐似乎一点也不担心,她相信会有人来帮忙。她不慌不忙地挪动着,裙子一甩,伸出一只着毛皮鞋面的皮鞋——麦凯恩看到鞋子上面的金色长筒袜一闪——她下了车。

"你真好!我们真走运!"她低声说。她把一只手搁在他的袖子上,另一只手中拿着一束玫瑰花,那是在音乐会上观众献给她的。她一路走,花瓣一路撒在漆黑的下着雨夹雪的人行道上。这些花瓣将要在地下躺到明天早晨,那些屋子里的孩子们会感到奇怪,是不是举行过葬礼?女仆提着两只旅行袋走在后面。他刚把基蒂扶进他的汽车,她就尖叫起来:

"我的珠宝盒!我忘记拿了。在汽车后座里。我太粗心大意了!"

他赶紧奔回去,伸手沿汽车坐垫摸索,终于找到了一只小皮包。他返回时,发现女仆已经坐在前座上,身旁放着行李;给他在后面留了一个座位,让他挨着基蒂和她的花。

"我们是不是让你绕远道了?"她亲切地说,"我都不知道火车站在哪儿。连火车站名我都不太清楚。塞琳说叫东自由车站，可我觉得它叫西自由车站。反正这站名挺怪，也许那是生活放荡的人的居住区？法律在那儿不太严格，是吗？"

麦凯恩严厉地回答说，他并不认为名字指的是那种意思的自由。

"这样更好，"基蒂叹了口气，"我是加利福尼亚人。整个美国我只知道加利福尼亚，在那儿，我们管一个地方叫'自由山'或者'自由谷'——嗯，我们就是这个意思，那……如果我不跟你说话，你不会见怪吧？我不能在这么阴冷的天气里说话。演唱了那么长时间后，我的喉咙很容易受到影响。"说完她往后朝自己座位角里一靠，闭上了眼睛。

出租汽车沿着东自由站的斜坡往下开，这时纽约快车也刚好呼啸着进了站。一个侍者打开车门。麦凯恩跳下汽车，他把行李领取牌和卧铺票交给了侍者，叫他到行李寄存处把他的旅行袋取出来，赶快送到火车上去。

艾尔夏小姐拿起花，伸出一只手去挽他的胳膊。当她在灯光下看到他的脸时，不禁尖叫起来："怎么，是你！真巧！"她坐在那儿微笑着，不再移步下车，就好像她刚刚坐进一间包房，准备喝一杯茶，跟人聊聊天似的。

麦凯恩一把抓住她的一条胳膊："艾尔夏小姐，如果你想乘这趟火车，得快点了。它只停一会儿，你能跑吗？"

"我能跑吗？"她哈哈大笑，"试试看吧？"

他们跑步穿过地道，又登上了里面的楼梯，麦凯恩承认他以前从没有同一个跑得这么快和稳的人并排跑过，雪白的毛皮靴来回移动，就像小羊羔在嬉戏，金色的长筒袜像阳光下的自行车钢圈似的闪闪发光。他们刚到艾尔夏小姐的包房门口，火车刚好起动。麦凯恩感到十分羞愧，因为他气喘吁吁，而基蒂的呼吸却仍像她倚在出租汽车后座里的时候那么平稳、均匀。不知怎么他脑子里有这样一种想法，所有这些女演员在身体方面都很差——不健康，过于肥胖，像关在笼中的金丝雀，身子里藏着许多歌。他想避开她的感谢，赶紧走开了。"晚安! 旅途愉快! 睡眠舒畅! "他朝基蒂友好地点了点头，随手把车厢门关上了。

他多少有些惊奇地发现自己的旅行袋就在基蒂包房门外的座位上，卧车票别在旅行袋的提梁上。但是这没什么可奇怪的。他买的是这趟火车最后一节车厢——13车厢的卧铺票。这节车厢紧挨着包房。车厢里其他的铺位都铺好了。他刚要去找侍者，包房的门打开了，基蒂·艾尔夏走了出来。她满不在乎地坐在旅行袋旁边的前座上。

"请跟我聊会儿天吧，"她花言巧语地说，"演唱完毕以后，我总是失眠，不得不找个人聊聊天。塞琳和我已经互相说腻了。咱们可以说得轻一些，不会打扰别人的。"她交叉着两只脚，胳膊肘撑在他的旅行袋上。她仍然穿着金色的鞋和金色的长统袜，但是感谢上帝，她没有穿那件在音乐会上穿的长衣，而是换了一件非常庄重的黑天鹅绒衣服，领子周围稍微装饰着一些珍珠。她说："恰巧是你把我带到了车站，你说有趣吗? 不管怎么我想和你说说话。"

麦凯恩微笑着，流露出一种他并不想跟她聊天的神情："是吗? 咱们并不太熟悉。"

"是啊，也许是。但是，你对我今晚的演唱觉得不满意，可我认为自己唱得很好。你对这类事情很挑剔? "

他原先一直站着，现在坐了下来："亲爱的年轻小姐，我一点也不挑剔。我对'这类事情'一窍不通。"

"也不喜欢? "她代他说，"好吧。拿这件事来说，咱们知道了对方的情况。有什么使你不高兴了呢？也许是我的长衣？这衣服在这儿看起来是有点儿像奇装异服，可是国外所有想象力丰富的设计师都是这么设计的。你更喜欢英国式的演出长衣？"

"说到长衣，"麦凯恩说，"我比音乐还要不懂。如果我看起来不大自在，那也许是因为我不舒服。座位太差，灯光也刺眼。"

基蒂关心地抬起头看看："我很抱歉他们出售那样的座位。无论怎么，我都不喜欢让人感到不舒服。灯光是不是使你头痛？它们使人很难受。我知道它们刺痛眼睛。"

她停住嘴，微笑着朝那个向他们走来的侍者挥挥手叫他走开。衣衫不整的匹兹堡人在过道里来回走动，斜睨着眼瞟着麦凯恩和他的同伴。"他们把衣服全穿上看起来要好得多，"她低声咕哝着，然后又转向麦凯恩说，"我明白你是坐得不舒服，但是我感觉到你有一种完全是敌对的和针对我个人的情绪。我使你感到讨厌了。当然，讨厌我的人很多，只是我不大有机会问他们。劳驾告诉我，为什么我使你感到讨厌，如果这样那可就太好了。"

她说得很坦率、很高兴，没有一点儿挑衅或摆架子的神气。她似乎并不想听他说好话。麦凯恩坐在自己的座位里。他想他得考验她一下。她是来听意见的，他就该让她听到。然而，他发现要明确地表达他不满的理由比他预计的要艰难得多。既然他已经和她面对面地坐着，既然她靠在他的旅行袋上，他不想伤她的心。

"我是个讲求实际的生意人，"他回避地说，"你们这个圈子里的人我都不大信任。我生来就有点不相信他们，对男的比对女的更不信任。"

　　她看起来在沉思。"你指的是艺术家？"她慢慢地说出这几个字，"你是做什么生意的？"

　　"煤炭。"

　　"我并不觉得生来就不信任生意人，我认识很多做生意的。不过做煤炭生意的我一个也不认识，我认为自己会对煤炭很感兴趣的。我的胸襟比你开阔吧？"

　　麦凯恩哈哈大笑："我认为你并不知道自己什么时候是感兴趣的，什么时候又是不感兴趣的。我也不信你懂得什么是真正的感兴趣。在你这种职业中，虚伪的东西太多了。双方都在装腔作势。我认识许多今晚去听你唱歌的人，我知道他们中的大多数人对音乐一窍不通，而且也不喜欢。他们想象自己是懂音乐的，因为这被当作美好的东西。"

　　基蒂坐得笔直，看起来对他的话很感兴趣。她当然是个可爱的人儿——在他看到过的她这类人中，她是唯一的他会穿过马路去再看一眼的人。她有一双奇异的眼睛——好奇，敏锐，不停地转动，有点不怕难为情，丝毫没有自高自大的蠢相。

　　"难道不是样样事情都是这样的吗？"她叫道，"你们有多少雇员是因为有一种美好的个人荣誉感才老实的呢？他们老实，因为那是在生意场中一条公认的行为端正的规则。"

　　"你知道"——她盯着他看——"我原以为你会明确地对我发表意见的，可你讲的尽是报刊滑稽文章栏里的废话，这种不满意我估计从你的侍者那儿都能听到。"

　　"那么，这么多人聚在一起假装欣赏某种他们一窍不通的东西，你不认为这是愚蠢的吗？"

　　"我当然认为这是愚蠢的，但上帝就是这么安排听众的。人们到教堂去不也跟这完全一样吗？如果教堂门口有个精神应力测试机，我猜想你们中就没有多少人会坐到你们的家庭专用席上去。"

"你怎么知道我去教堂？"

她耸耸肩："啊，有这些过时的、陈腐看法的人一般都上教堂。你用这样的想法来搪塞我可不成。"她用金色的鞋子尖碰碰他的座位边沿，"整个晚上你坐在那儿，瞪着我好像能把我活吞了似的。等我给了你机会，让你发表反对意见，你倒光批评我的观众了。这算什么？是不是你不喜欢我这个人？如果是这样，当然，我也不会勉强你的。"

"不是，"麦凯恩皱了皱眉，"我可能不喜欢你的职业。我告诉过你，我生来就不信任干你们这一行的。"

"生来？我感到惊奇，"基蒂低声说，"我不明白为什么你生来不喜欢歌唱家要比我生来不喜欢煤炭生意人更厉害。我并不按职业来划分人。当然，我肯定能找到一些使人讨厌的煤炭生意人，你也会找到一些这样的歌唱家。但是我有理由相信，我至少是一个不那么让人讨厌的人吧。"

"我完全相信，"麦凯恩哈哈一笑，"除此之外，你还是个精明强干的女人。但是根据我的标准，你们所有的人都很随随便便。你们有些人是有才能的，但是缺乏深度。"

基蒂孩子气地猛地低下头，似乎表示同意："是啊，在有些事情上郑重其事是优点，在别的事情上随随便便是优点。有的事情要有深度，而别的事要有高度。你是不是希望世界上所有的妇女都成为深谋远虑的人？"

"你们，"他毫不动摇地继续说，一面放肆地注视着她，"全是一直陶醉在兴奋的感情里的，你们被宠坏了，不帮助分挑世界的重担。你们放纵自己，欲望强烈。"

"是的，我是这样的。"她承认说，态度之坦率出乎他的意料，"不是所有的艺术家都是这样，但我是的。干吗不呢？如果我有幸能听到有说服力的陈述，我为什么不该放纵自己，那我可能改变我的生活方式。至于说世界重担嘛——"基蒂双手紧扣在一起，托着下巴，好像在沉思，"一个人应该把快乐给予别人。我亲爱的先生，就算绝大多数人什么都不能很好地欣赏，你也得承认我给予欢乐的人数比你的多。一个人应该帮助更不幸的人。目前，除去我雇佣的人以外，我还养活了八个人。在加利福尼亚，我有幸出生的那个家里残废的人和遭遇不幸的人比哪一家都多，凡是能照顾自己的人都已被以前的旧金山地震毁灭了。一个人得作出个人的牺牲。我就是这样，我把金钱、时间和努力给予有才能的学生。啊，我所给予的比这可多得多！这些你可能从来没有给予过任何人。我把我的希望、我的欲望和我的光——如果有的话——给予真正有天才的那些人，这就好比愿意把血输给别人一样，老于世故的聪明人先生！这可是你们精明的人永远不肯给的东西，藏在贵重的油膏盒里的东西。"基蒂轻轻做了个手势，摆脱热烈的感情，好像它是一块围巾似的；然后将身子往后一靠，把一只穿着金色的鞋的脚收回到他的座位边上。"如果你看到我养活的那些人家，"她叹了口气，"和我雇佣的那些人、我有的那些汽车——总之，我就靠自己来应付。"她指指自己纤细的身体，马歇尔几乎空手就能把它折断。

他想，她跟任何别的有魅力的女人完全一样，只是她比她们更有吸引力。她神态亲切，自然爽直。她不做作，因为她不怕他，也不怕自己或者他那些不必那么多次在车厢里走来走去的、衣衫不整的熟人。嗯，他也不怕。

基蒂用双臂抱住头，叹了口气，摸着她光滑乌黑的头发。她的头很小——能够像一只鸟似的很快地转动，也能像修女那样逆来顺受。"我不明白为什么在放纵别人的同时不能放纵自己。我不懂你那模棱两可的道德准则。现在,我完全能理解托尔斯泰伯爵的想法了。我曾经就他的作品《什么是艺术》和他长谈过一次。据我所能理解的来说,他认为我们是一个靠满足欲望才能生存的种族,欲望是邪恶的,所以欲望促成的生存也是邪恶的。他说,我们过去总是悲哀,甚至在石器时代也是这样,却不知道是什么原因。通过某种奇迹似的方式,一种神圣的理想展现在我们面前,这种理想同我们的欲望是格格不入的。它给了我们一种新的企求,我们只有遏制心中其他一切欲望,才能满足这种企求。幸福在于放弃追求和满足,因为显示给我们的这个理想比我们的欲望能带给我们的任何生活都可贵。这我能理解。人们可以在艺术中经常得到这种感受,它甚至还是一切最伟大的歌剧的主题。因为那些歌剧我永远没有希望歌唱,所以我爱它们超过其他的歌剧。"基蒂坐起身子,"也许你同意托尔斯泰的看法吧?"她懒洋洋地说。

"不,我认为他是个狂人。"麦凯恩愉快地说。

"你说的狂人是什么意思?"

"我指的是极端主义者。"

基蒂哈哈大笑起来:"有分量的字眼!你永远会有一个拥有大批遵守中庸之道的人的世界的。你干吗要让我和托尔斯泰来打扰你呢?"

"我没有啊,除了在你打搅我的时候。"

"可怜的人!说真的,这不是你的过错。不过,事情还是从你瞪着眼看我引起的。你干吗要去音乐会?"

"我是给拉去的。"

"我早就该知道了!"她咯咯笑着,又摇了摇头,"不,你并没有给我任何说得通的理由。在我看来,你的道德准则似乎就是胆小怕事，敷衍搪塞，畏畏缩缩。当正义变得生气勃勃、灼热烫手的时候，你就憎恨它，你对美的态度也是这样。在生活中，你样样都只要一点儿，也许——是兑过水的、消过毒的、刺儿拔掉了的。正义和美这两样东西如果在世界上不受束缚，确实是可怕的，但是它们并不经常这样。"

麦凯恩憎恨高谈阔论。"我对妇女的看法很简单。"他慢吞吞地说。

"那没问题，"基蒂冷冷地回答，"但是那些看法是始终如一的吗？你对我的看法和你对你的速记员的看法是一样的吗？我假定你有未婚的速记员。她们的经济地位跟我的相仿。"

麦凯恩仔细研究着她的鞋尖。"关于女人，归根结底个个都是一样的。"他的态度像是法官在判断。

她放肆地哈哈大笑着。"所以，咱们这是讨论到节骨眼上了，呃？你刚才辩论不过我，现在你打出王牌来了。"她把双手放在脑后，嘴唇半张，"归根结底，个个都是一样的嘛！但愿我能明白！在同样的情况下，十之八九我跟你的速记员们——如果她们是好速记员的话——非常相像。不管我干什么，我总是干得挺好。我认为人跟人非常相像。你跟我在这段时间里碰到的人大不一样，但是，我知道在国内有许多人跟你一样。哪怕是你——在这些使你不用去思考的世俗偏见下，我相信你还是一个真正的人。如果我和你因船只失事被困在一个荒岛上，我敢肯定我们会达成自然和坦率的谅解的。我不是个胆小鬼，也不回避问题。如果你不得不和一个女人一起从事某种危险或者困难的工作，你会发现有几个条件同你毫不怀疑地谈到的那点一样重要。"

麦凯恩神经质地摸索着他的表链。"当然，"他脱口而出，

"我并不是在做什么概括性的判断——"他皱了皱眉。

"噢,是吗?"基蒂低声咕哝了一句,"那我完全误解了。但是,请记住"——她竖起一根手指——"是你而不是我害怕进一步讨论这个题目。现在,我要告诉你,"她探出身子,纤细、雪白的双手抱着覆盖着天鹅绒的膝盖,"我和你一样,也是这些根深蒂固的偏见的受害者。在你看来,你的速记员似乎更好些。嗯,对我来说也是这样。就因为她的生活也许比我的灰色,她就似乎更好些。我的理智告诉我,单调、能力平庸和贫困等本身并不是值得羡慕的东西,然而在我心里,我总是感到商店里的女售货员和工厂里的女工比我更值得赞赏。她们中的许多人有了我这样的机会将会比我更自私。她们中的有些人有了她们自己的机会比我更自私。然而我还是在修女和打杂女工面前感情冲动地卑躬屈膝。告诉我,你有什么爱好没有?有没有什么能使你放松一下和感到高兴的事情?"

"我喜欢钓鱼。"

"要弄明白你能钓到多少鱼吗?"

"不,我是喜欢森林和天气。我喜欢要弄上钩的鱼,使劲拉钓丝。我喜欢小柳树和严寒,喜欢天空,不论它是蓝色的还是灰色的——夜幕降临时,一切都是灰色的。"

他诚恳地说着,基蒂眯缝起双眼看着他。"你还喜欢认为有许多像我这样的轻浮的姑娘,她们只关心商店、剧场和旅馆里面的东西,呢?我觉得你这个人真有趣,你和你的鱼!不过我不再耽搁你了。我不是给了你一切机会让你提出对我不满的理由吗?我原以为你会为你自己多说一些的。你知道吧,我认为你说的根本不是什么理由,而是一种妒忌。我觉得你很嫉妒,你很喜欢成为一名男高音歌手,成为使女人一见倾心的男子!"她笑着站起身,一只手放在仓房门的把手上,停顿了一会，"不管怎么，谢谢你使我过了个愉快的晚上。哎，顺便说一句，今晚梦见我，别梦见坐在你身边的太太们。我们在这个世界上和谁生活在一起是无关紧要的，要紧的是梦见谁。"她注意到他的脸成了砖红色。"你毕竟很老实，但是，啊，是那么谨慎！你天生反对一切新事物，就像我天生希望尝试一切新事物——新人、新宗教，甚至新的痛苦。我多么希望有更多的新事物……多么希望你真是个新人！我可以学到些东西。我像示巴女王①——我并非不愿学习。但是你，我的朋友，却连试一下新的剃须肥皂都不敢。不是地心吸力而是世界上的人的懒惰和极端懦弱，才使世界上万物各安其位。可是"——握着他的手，怂恿地微笑着——"你会时常想到我的。再见！"

基蒂走进包房，塞琳穿着晨衣，坐在窗边瞌睡。

"小姐觉得那个胖绅士很有趣？"她问，"都快一点钟了。"

"从消极方面觉得有趣。他这种人总是说同样的事情。如果我能发现一个真有才智的人坚持自己的观点，那我倒会接受这些观点的。"

"那个先生看来不像是个有独到见解的人。"塞琳低声说，一面把女主人的头发松开。

麦凯恩像平常一样睡得很沉，第二天早晨，侍者只得喊醒他。他在铺位上坐起来，用手指梳理了一下头发后寻找他的衣服。拉起窗帘时，阳光照在床上方的小吊床里一件亮晃晃的东西上，闪闪发光。他盯住看，拿起一只式样精巧的金色的鞋。

① 典出《圣经·旧约》。示巴女王听到所罗门的名声后，带着宝石、香料、金子等物来见所罗门，请教各种问题。此处艾尔夏自比示巴女王，表示她并不是不屑于学习的。

"淘气的姑娘! 放荡的女人!"他突然叫起来,"所有的高谈阔论——! 可能是从哪个到处闲荡的男人那儿学来的, 像鹦鹉学舌似的学得有点不对头。难道是昨天晚上她自己塞进来的? 还是叫那个鬼头鬼脑的法国女人来放的? 我佩服她的勇气!"他拿不稳在那个闯入者从帘子中间探进脑袋时, 他是不是可能一直在打呼噜。他知道自己在睡梦中不像《灰姑娘》中那个美丽王子。他尽快穿好衣服, 正准备去盥洗室, 瞥见了那只鞋。如果他走开后侍者刚好来铺床——他抓起鞋, 把它裹在睡衣里塞进了旅行袋。他没有再看见那个使他头痛的人就溜下了车。

后来麦凯恩把那只鞋扔在他在纽约房间里的废纸篓里, 但是女仆看到鞋子是新的, 而且是单只, 以为一定是他放错了地方, 把它放进了他的衣柜。晚上, 当他从剧场回来后发现鞋子在衣柜里。吃了饭、喝了酒, 再加上快乐的同伴, 他的心情很愉快。他把鞋拿在手里, 决定把它作为一件纪念品保存起来——纪念最循规蹈矩的人也可能碰到荒唐的事情。回到匹兹堡后, 他把鞋子放进保管库的保险箱里, 免得被好打听的雇员发现。

麦凯恩已经病了五年了, 可怜的家伙! 他仍然去办公室, 因为那是他唯一感兴趣的地方, 但是大部分的工作都由他的合伙人做了, 他的雇员发现他变得非常厉害——他们说他的心理状态是"病态的"。他把自己院内的松树都砍掉了, 因为松树使他想起墓地。在星期日或假日, 当办公室里没有人时, 他从保险箱里取出他的遗嘱和保险单, 他还常常把那只失去了光泽的金色的鞋放在桌上, 注视着它。不知怎么, 它使他那厌倦的内心想到生活——生活和青春, 就像他的松树使他想起死亡一样。有一天，他去世以后，他的遗嘱执行人看到这只鞋会感到迷惑的。

至于基蒂·艾尔夏，从那以后，她开过的玩笑——恶作剧的和非恶作剧的——太多了，因此早就忘了那一天晚上，她扔过一只鞋，这只鞋竟然变成了一个正直的人的烦恼。

〔杨　怡译〕

保罗的一生

这一天下午，保罗来到匹兹堡中学全体教员面前，交代他的种种越轨的行为。一个礼拜以前，他受到暂时停学的处分，而他的爸爸呢，上校长办公室去，承认对他的儿子不知道该怎么办才好。保罗走进教员办公室，礼貌周到，脸上还带着微笑哪。他身上的衣服显得有点儿肥，大衣敞开着，棕色的丝绒领子已经穿得很旧，而且磨损了。可是尽管这样，他看起来有点花花公子的派头，他还在打得很整齐的黑领带上别了一个乳色玻璃别针，纽扣眼里插了一朵大红麝香石竹花。不知怎么的，那些教员觉得，一个受到暂时停学处分的孩子应该有悔悟的心情才对，用佩戴麝香石竹花来表示这种心情是不恰当的。

拿保罗的年纪来说，他的个儿算长得高的，人很瘦，肩膀又高又窄，胸脯狭小。他的眼睛明显地流露出神经质的光芒，他不断故意夸张地运用他的眼神，一个孩子摆出这副神态可格外地叫人受不了。他的眼珠子大得异乎寻常，好像他服用颠茄似的，不过他的眼睛闪烁着呆滞的微光，服那种麻醉药是不可能产生这种现象的。

当校长盘问保罗他为什么来的时候，保罗相当有礼貌地说，他要回学校。这是撒谎，可是保罗对撒谎很习惯了，并且认为要渡过难关，这的确是不可缺少的一招。他那些教员被要求一个个揭发他，他们咬牙切齿、怨气冲天地指责，表明这不是一个通常的情况。在他们提到的过错中，有扰乱秩序和不礼貌,然而他的每一个教师感到很难用语言说明真正的症结所在。症结在于那个孩子的一种神经质的不屑一顾的态度,在于他对他们的轻蔑,这他们都知道,他看来似乎丝毫不打算掩饰这种态度。有一次,他在黑板前写一段课文的梗概,他的英语教师走到他的身旁,想要把着他的手教他怎么写。保罗哆嗦了一下,猛地往后一跳,一下子把两只手放在背后。那个受惊的女人哪怕是挨了他的打,她的自尊心也不见得会更感到受损害,她也不会更困窘。这个侮辱是完全出于无心的,而且显然是针对个人的,所以叫人再怎么也忘不了。保罗用这样那样的方法使他所有的教师,不管男女,都感觉到他对他们同样有生理上的反感。在一门课上,他习惯于用手遮住眼睛坐着;在另一门课上,朗读的时候,他老是眼望着窗外;还在另一门课上,他带着开玩笑的意图,连续不断地议论讲课。

这天下午,他那些教师觉得,从他的耸肩膀和没礼貌地佩戴着大红麝香石竹花中,就看得出他的整个态度了。他们无情地攻击,由他的英语教师带头。他脸带微笑,站着忍受这个场面,苍白的嘴唇张开着,露出雪白的牙齿(他的嘴唇老是扭曲着,他还有抬起眉毛的习惯,这是极轻蔑人和叫人恼火的神态)。比保罗年纪大的孩子挨到这种折磨,也早已支撑不住,淌下眼泪了,可是他的不变的微笑始终挂在脸上,他唯一的不自在的迹象是,抚摸他的大衣纽扣的那只手在神经质地颤抖,而另一只拿着帽子的手偶尔猛地抽搐一下。保罗老是微笑,老是东张西望,看上去好像他感到别人在监视他,想要侦察什么事情似的。这种有意识的表情既然压根儿算不上孩子气的欢笑,那么,通常就被认为是傲慢,或是"尖刻"了。

在审问的过程中,他的一个老师重复这孩子的一句不礼貌的话,校长问他对一个女人说这样的话是不是有礼貌。他微微耸耸肩膀，眉毛一抬。

"我不知道，"他回答，"我也并不有意要讲礼貌，或是不讲礼貌。我想这有点像是我的一种习惯，说话没有顾忌。"

校长问他是不是认为还是改掉这种习惯好。保罗龇牙咧嘴地笑笑，说他想是这样。当他听到他可以走了的时候，他姿势优美地鞠一个躬，走出去。他的鞠躬跟他戴的那朵大红麝香石竹花一样，都是叫人极反感的。

他的教师都感到失望。他的图画教师说，这孩子身上有一些他们都不理解的东西，这话说出了他们大伙儿的感觉。接着，他又说："我并不真的以为他的微笑完全是出于傲慢。他脑子里有什么东西老缠着他不放。首先，这孩子身子骨单薄。这个人有什么毛病哪。"

图画教师终于发觉，别人在看保罗的时候，只看到他的雪白的牙齿和闪烁着不自然的光芒的眼神。有一个暖和的下午，这孩子在图画板前睡熟了。他的老师惊奇地注意到，那张脸多么苍白，脸上尽是青色的血管，脸色干枯，眼睛周围长满皱纹，简直像是老头儿的脸；他睡熟的时候，嘴唇也扭曲着。

他那些教师走出教学大楼，感到不满意和不愉快。他只是个孩子罢了，而他们刚才一心想对他报复，用尖刻的措词发泄怨气，肆无忌惮地进行指责，在这场叫人厌恶的闹剧中，可以说是互相火上添油，他们对这感到丢脸。其中有一个教师回想起看到过街上一只可怜的猫被一伙折磨它的人逼得走投无路的情景。

保罗呢，他一边吹着《浮士德》①中的士兵合唱，一边跑下小山，时不时地提心吊胆地回头望望，看有没有哪个教师亲眼

---

① 《浮士德》（Faust）：法国作曲家古诺（charles Francoi Gounod，1818—1893）所作的歌剧，是他的成名作。

目睹他这副轻松愉快的模样。现在已经是下午相当晚的时候了,今天夜晚,保罗在卡内基①音乐厅值班领座,他决定不回家去吃晚饭了。

当他来到音乐厅的时候,门还没有开。门外很冷,他决定到楼上绘画陈列室去——这时候总是没有人的——那儿是几幅拉法埃利②的色彩鲜艳的巴黎街景习作和一两幅笔调轻快的蓝色威尼斯风景。这几幅画他每次看到,心里总是感到高兴。他喜欢绘画陈列室里没有人,只有那个老看守,看守坐在角落里,膝盖上放着一份报,一只眼上戴着黑眼罩,另一只眼闭着。保罗独个儿占有着这个地方,充满自信心地走来走去,低声吹着口哨。过了一会儿,他在一幅蓝色的里科③前坐下来,迷迷茫茫地看得出神了。当他想到看手表的时候,已经七点多了,他急忙跳起身来,跑下楼去,对东房里盯着外面看的奥古斯塔斯·恺撒④扮了个鬼脸,在楼梯上经过梅洛的维纳斯⑤的时候,恶狠狠地对她挥挥手。

保罗来到领座员的更衣室,已经有六个孩子在那儿了,他带着兴奋的心情开始手忙脚乱地穿上制服。在很少的几身制服中,这一身勉强可以算是合身的,保罗认为很合适——不过,他知道又紧又直的上衣使他的狭窄的胸脯格外显眼,他对自己的胸脯是极敏感的。他换衣服的时候,总是心情兴奋,一听到音乐室里调弦和试吹喇叭的声音,就浑身直打哆嗦。可是今夜,他看上去好像发了疯似的,逗弄和惹恼那些孩子,直到他

---

① 卡内基(Andrew Carneige,1835—1919):美国实业家和慈善家,原籍苏格兰。卡内基音乐厅是他独资建造的。
② 拉法埃利(Jean-Francois Raffaëlli,1850—1924):法国画家,以擅画巴黎街景和近郊景色著称。
③ 里科(Martin Rico,1883—1908):西班牙画家。
④ 奥古斯塔斯·恺撒(Augustus Caesar,公元前27—公元后14):罗马第一任皇帝。此处是指他的雕像。
⑤ 梅洛的维纳斯(Venus of Milo):1820年在希腊梅洛岛上一个城市的废墟中发现的维纳斯雕像。原物现藏于法国卢浮宫。此处所说的是复制品。

41

们把他按倒在地板上，坐在他的身上，跟他说他疯了。

保罗为了让自己的心情稍微平静一点，就一溜烟冲到大门前去给那些早来的人领座。他是个模范领座员。他在通道里走来走去，脸带微笑，很有礼貌。他再怎么也不会不耐烦。他传递信息，送节目单，好像这是他生活中最大的乐趣似的。他管的那个地段里的听众都认为他是个极讨人喜欢的孩子，觉得他记得和喜爱他们。过了一会儿，场子里坐满了人，他越来越轻松愉快和生气勃勃，他的脸颊和嘴唇终于有血色了。这很像是一个盛大的招待会，而保罗呢，是主人。乐队人员正在上场就座的时候，他的英语教师来了，拿着订座的票子，那些票子是一个显赫的工厂主为那个音乐节早就预订的。她把票子递给保罗的时候，显得有点窘，接着装出一副骄傲相，这使她后来觉得很蠢。保罗大吃一惊，恨不得把她撵出去：她有什么资格待在这些出色的男女和华丽的场面中间呢？他上下打量着她，断定她穿得不合适，坐在楼下这些盛装的人中间，准像个蠢货。他在为她安排座位的时候，想到票子可能是送给她的人情，她大约跟他一样有权利坐在那儿。

交响乐开始的时候，保罗靠在后排的一张座位上，长长地舒了一口气，就像刚才在那幅里科前一样迷迷茫茫地出神了。倒不是那些交响乐对保罗有什么特殊的意义，而是那些乐器的最初的声息似乎使他身内的欢乐摆脱了束缚。这种情绪就像那个阿拉伯渔夫找到的那个瓶里的精灵①那样在他身内挣扎。他突然感到一阵生命的乐趣，亮光在他眼前跳跃，音乐厅照耀得难以想象的壮丽。女高音独唱者上场的时候，保罗甚至忘掉了他的教师在场这件大煞风景的事情，沉湎在这些显赫

---

① 典出阿拉伯神话《一千零一夜》。一个阿拉伯渔夫有一次在打鱼的时候，得到一个古瓶，瓶中禁锢着一个精灵。

的人士老是把他引进去的心醉神迷的境界中。那个独唱者恰巧是个德国女人，她决不是个青春少女，而是许多孩子的母亲了。可是，她穿着缎子长袍，戴着皇冕似的头饰，而且显出一种用语言难以说明的功成名就、名满全球的气派，这种气派老是遮住保罗的眼睛，使他看不出任何可能的缺点。

音乐会结束以后，保罗经常既烦躁又沮丧，直到他睡熟——今夜，他甚至比往常更心神不定。他有一种没法平静的感觉，一种撇不下这种美妙的刺激的感觉，只有这种刺激才称得上生活嘛。在演出最后一个节目的时候，他退出场子去，在更衣室里匆匆忙忙地换了衣服，从一扇边门溜出去，那个独唱者的汽车就停在那个门口。他就在那儿的人行道上迅速地走来走去，等她出来。

远处，申利饭店矗立着，周围很空旷，在细雨中模模糊糊地显得又高大又结实，它的十二层窗子上映出亮光，就像圣诞树下一座点着灯的硬纸房。凡是有点名声的演员和歌唱家来到这个城市，都待在那儿，许多当地的大工厂主也在那儿过冬。保罗老在那家旅馆附近转悠，看人们进进出出，巴不得走进去，把什么校长啦、牵肠挂肚的心事啦，一股脑儿撇在身后。

最后，那个歌唱家由乐队指挥陪同着出来了，那个指挥扶她上汽车，亲切地说了一声再见，随即关上汽车门——这叫保罗说不准她是不是他的旧情人。保罗一路跟在汽车后面，来到那家旅馆前，他走得很快，免得她下车进旅馆的那会儿，他离入口处太远。只见一个戴大礼帽、穿礼服的黑人为她开了玻璃转门，她消失在门后。在门打开的那一刹那，保罗似乎觉得他也进去了。他似乎觉得他自己跟在她后面走上台阶，走进那所温暖、明亮的建筑物，走进一个英国情调的天地，一个温暖舒适、外表锃亮、闪着反光的热带世界。他想着端进餐厅来的那些叫不出名堂的名菜佳肴、盛在冰桶里的绿色酒瓶，就像他在星期日增刊上看到过的晚宴相片那样。一阵急风突然猛烈地吹下雨来。保罗吃惊地发现，他仍然在露天泥泞的沙砾车道上。雨水正渗进他的皮靴，他的狭小的大衣淋得稀湿，紧紧地贴在他的身上。音乐厅前的灯光已经熄灭。在他和比他高的一个个窗口里映出来的橘红色灯光中间，下着一阵阵大雨。就在那儿，他向往的一切——分明就在他眼前，像一出圣诞节童话剧中的神仙世界。雨打在他的脸上，保罗拿不准他是不是命里注定，老是要站在黑夜的露天里，浑身颤抖，抬起了头望着那些灯光。

他转过身子，恋恋不舍地向电车轨道走去。事情总得有一个结束的时候。接下来是穿着睡衣睡裤站在楼梯口的他的爸爸啊、解释不清楚的解释啊、他那些老是被拆穿的仓促编造的谎话啊、他在楼上的卧房和房间里讨厌透顶的黄色糊墙纸啊、吱吱嘎嘎的五斗柜和油腻的长毛绒硬领盒啊、他那张油漆过的木床上方挂着的乔治·华盛顿[1]和约翰·加尔文[2]的画像啊，还有一个镜框，镜框里是一句格言"喂我的羔羊"，那是保罗的妈妈用红毛线绣的，关于他的妈妈保罗已经没有记忆了。

半个钟头以后，保罗从内格利大街的电车上下来，慢腾腾地拐到这条主要通道分岔出来的一条街上。这是一条非常正派的街道，街上所有的房屋都一模一样，中等资产的买卖人就在这些房子里生育和抚养许多子女，他们都上星期日学校，学习比较短的教义问答手册，都对算术感兴趣。他们都像他们的房子一模一样，都同样地生活在单调的气氛中。保罗每次踏上

---

① 乔治·华盛顿（George Washington, 1732—1799）：美国第一任总统。
② 约翰·加尔文（John Calvin, 1509—1564）：法国在日内瓦的新教改革者，加尔文派的创始人。

科迪莉亚街，总是不由自主地厌恶得颤抖。他的家在那个坎伯兰派①牧师家隔壁。今夜，他走近自己的家的时候，心里有一种灰溜溜的沮丧的感觉，一种永远陷在阴暗和粗俗的生活中出不了头的感觉。他每次回家，总是有这种感觉，他一拐到科迪莉亚街上，就产生一种即将洪水灭顶的感觉。每一次他享受狂欢生活以后，就感到精力衰退，这是放纵的结果。他厌恶马马虎虎的床铺、平常的饭菜、弥漫着厨房气味的房子，对过不完的暗淡而枯燥的日常生活厌恶得不寒而栗，产生一种病态的欲望，想要阴凉的东西、柔和的亮光和鲜花。

保罗越是走近那所房子，越是觉得房子里的一切根本跟他不相称：他的难看的卧房啊、冷冰冰的洗澡间里肮脏的锌澡盆啊、有裂缝的镜子啊、滴水的龙头啊、站在楼梯口的他的爸爸啊、他那双露出在长睡衣底下尽是毛的大腿啊、他那双伸在毡拖鞋里的脚啊。他回来得比平时晚得多，一定会受到盘问和指责。保罗突然在门前站住脚。他觉得今夜受不了他爸爸跟他说话，受不了再在那张糟糕的床上翻来翻去。他不打算进去了。他会跟他爸爸说，他没有钱坐电车，而雨呢，下得很大，他跟一个孩子一起上他家去待了一宿。

这时候，他又湿又冷。他绕到房子的后面，试了试一扇地下室的窗，发现窗子的插销没有插上，小心地抬起窗，从地下室的墙上爬下去，落到地板上。他站在那儿，屏住气，被他自己弄出来的响声吓坏了。可是他头顶上的地板没有一点声音，楼梯上也没有吱吱嘎嘎的声音。他找到一个肥皂箱，把它搬到炉门里透出来的那一圈亮光里，坐下来。他非常怕老鼠，所以他不打算睡熟，而是坐着，不信任地望着黑暗，仍然吓得很，生

---

① 1810年美国基督教长老会中分裂出来的基督教徒所组成的一个教派。

怕他也许吵醒了他的爸爸。保罗时常遭遇到使日历上沉闷的空白区分出白天和黑夜,以后在这种反应中,他的感觉迟钝了,他的脑子倒异乎寻常地清楚。要是他爸爸听到他从窗口进来,把他当作小偷,走下来向他开枪呢? 再说,要是他爸爸走下来,手里拿着枪,他及时大叫,保全自己的性命,而他爸爸想到差一点儿杀了他,吓得毛骨悚然呢? 再说,要是有一天他爸爸记起了今夜,巴不得当时他没有发出阻止开枪的叫声呢? 保罗拿最后一个假定解闷,直到天亮。

第二天是礼拜天,天气晴朗。十一月里潮湿的寒冷被秋天最后的阳光撵走了。早晨,保罗跟往常一样,得上教堂和星期日学校。在天气美好的礼拜天下午,科迪莉亚街上的居民通常坐在屋前的门廊里,跟隔壁门廊里的邻居谈话,或是友好地叫唤那些在街对面的人。通向人行道的台阶上放着一个个色彩鲜艳的垫子,那些男人平静地坐在垫子上,而女人呢,穿着她们礼拜天穿的背心,坐在狭窄的门廊上摇椅里,装出一副非常舒适的样子。孩子们在街上玩,人多得很,这一带真像幼儿园的游戏场。坐在台阶上的男人——都只穿着衬衫和背心,背心的纽扣也都没扣上——叉开了腿,舒服地凸出肚子,谈着物价,或是讲他们的形形色色的头儿和大老板多么高明这一类故事。他们偶尔望着下面那一大群吵吵嚷嚷的孩子,柔情蜜意地听着他们尖声尖气的鼻音,在他们的子女身上看到他们自己的坏脾气,流露出微笑,在他们讲的那些钢铁大王的传说中间穿插着他们的儿子的事情,孩子们在学校里的进步啊、孩子们的算术分数啊,还有孩子们在他们闹着玩的自办银行里的存款总数。

在十一月的这最后一个礼拜天,保罗整个下午坐在他的门廊的最低一级台阶上,盯着街上看。他的姐妹们呢,坐在摇椅里，跟隔壁神父的女儿们谈着，上礼拜里，她们做了多少衬衫，哪一个人在教会的晚餐上吃了多少蛋奶烘饼。天气暖和的日子，正巧他的爸爸又心情特别高兴，那些女孩子就做柠檬水。柠檬水总是盛在一个有蓝色珐琅勿忘我花的红玻璃罐里端出来。那些女孩子认为这个罐儿挺精致，而那些邻居却拿罐儿的可疑的颜色开玩笑。

今天，保罗的爸爸坐在最高的一蹬台阶上，正在跟一个年轻人说话，那个年轻人不断地把一个不安分的娃娃从一个膝盖移到另一个膝盖上。他恰巧是天天要被保罗的爸爸提到、作为保罗的模范的那个年轻人。保罗的爸爸最大的希望就是保罗将来按照他的样子长大。这个年轻人脸色红润，有着薄薄的红嘴唇，没有神的近视眼，他戴着一副镜片很厚的眼镜，金眼镜脚勾在耳朵上。他是一个大钢铁企业巨头的办事员，在科迪莉亚街上被看作一个前途光明的年轻人。传说约莫五年前——他眼下才二十六岁嘛——他有一点儿"放荡"，为了抑制他自己的欲望和节省花天酒地的生活可能糟蹋的时间和精力，他接受他的老板的意见，经常把往事重复讲给企业里的雇员们听。在二十一岁上，他跟第一个接受他提出的过共同生活的要求的女人结了婚。她碰巧是个瘦得皮包骨头的教师，比他年纪大得多，也戴镜片很厚的眼镜，现在已经给他生了四个孩子，孩子个个像她，都是近视眼。

那个年轻人正在讲，眼下在地中海一带游览的他的老板怎样跟他业务上的一切事情保持联系，怎样在他的游艇上，就像在家里一样，安排他的办公时间，"滔滔不绝地口授指示，把两个速记员支使得手忙脚乱"。接下来，他的爸爸讲起他的

47

企业正在考虑的计划,在卡洛①铺电车轨道。保罗猛地咬紧牙关。他非常害怕,在他上那儿去以前,他们可能把那儿的风光都破坏了。然而,他相当喜欢听那些钢铁大王的传说,那些传说在礼拜天和休假日讲了又讲:什么维也纳的宫殿啊、地中海上的游艇啊、蒙特卡洛的豪赌啊,这些故事对他的幻想有吸引力。他对那些送款员出身,后来飞黄腾达、声名显赫的人很感兴趣,可是他一点也不想当一个时期的送款员。

吃罢晚饭,保罗帮助擦干盆子,怯头怯脑地问他的爸爸,他能不能到乔治家去,请乔治教教他几何,接着越发怯声怯气地讨乘电车的钱。讨钱的事他不得不说了两遍,因为他的爸爸在原则上不喜欢听到别人向他讨钱,不管数目大小。他问保罗,他能不能到哪个住得比较近的孩子家去,得跟他说他不该把功课拖到礼拜天才做。不过,他给了保罗一毛钱。他不是个穷人,可是他有一个值得尊敬的志向,要在这个世界上发迹。他让保罗去领座的唯一理由是:一个男孩应该挣一点儿钱。

保罗跳跳蹦蹦地跑上楼去,用他讨厌的气味难闻的肥皂擦掉洗盆子水的油腻气味,然后他把藏在抽屉里的一瓶紫罗兰香水拿出来,洒几滴在手指头上。他离开家的时候,引人注意地把几何书夹在胳肢窝下。那叫人闷得慌的两天里,他一直显出一副没精打采的样子,等他一走过科迪莉亚街,跨上一辆开往闹市区的电车,他就甩掉那副模样,又开始精神抖擞地生活。

闹市区一家剧院的一个常驻剧团中,有一个演少年角色的主要演员,他是保罗的熟人,这孩子受到邀请,不管哪个礼拜天夜晚,只要有空就可以去看排演。一年多以来,保罗只要挤

---

① 卡洛(Carlo):即蒙特卡洛,摩纳哥的城市,世界闻名的欧洲赌城。

得出时间, 就消磨在查利·爱德华兹的化妆室里。他成为爱德华兹的一个追随者, 这不只是因为那个年轻的演员雇不起一个服妆员, 经常觉得他挺有用, 而且因为他发觉保罗身上有一种被教士称作"神召"的气质。

只有在剧院和卡内基音乐厅里, 保罗才真正地在生活, 其他的时间只是睡眠和忘却。这是保罗的神话。对他来说, 这像秘密的爱情那样具有诱惑力。他来到布景后面, 吸进煤油气味、油漆气味和灰尘气味, 从那会儿起, 他就像一个释放了的囚犯那样自由自在地呼吸起来, 心里觉得他有可能干出灿烂、辉煌的事业, 或是发表灿烂、辉煌的言论。那美妙的交响乐队奏出《玛尔塔》①的序曲, 或是急剧地拉出《里戈莱托》②中小夜曲的那会儿, 他摆脱了一切愚蠢和丑陋的东西, 他的感觉舒适然而微妙地激动着。

也许是因为在保罗的世界里, 一切自然的东西几乎老是披着丑陋的外衣, 所以在他看来, 美似乎需要一点儿做作的成分。也许是因为他在别处的生活经验中充满了星期日学校的野餐啊、精打细算的花钱啊、在生活中怎样才能飞黄腾达的忠告啊、还有逃避不了的烧菜气味啊, 所以他才感到这样的生活这么有诱惑力, 这些衣着时髦的男女这么迷人, 这些终年在灰光灯下鲜花盛开的灿烂的苹果园③才这么感动人。

哪怕是用强烈的语言也很难表明, 保罗是多么相信那家剧院的舞台入口处确实是传奇世界的大门。不用说, 那个剧团里的人没有一个怀疑这个情况, 最不怀疑的是查利·爱德华

---

① 《玛尔塔》（Martha）: 德国作曲家弗洛托（Friedrich von Flotow, 1812—1883）所作的五幕歌剧。
② 《里戈莱托》（Rigoletto）: 意大利作曲家威尔地（Giuseppe Verdi, 1813—1901）根据雨果的剧本《国王取乐》改编的歌剧。
③ 此处作者以苹果园譬喻虚幻的乐园。

兹。这就像从前流传在伦敦的那些古老的故事，讲的是财富多得叫人难以置信的犹太人的情况，他们有地下厅堂，厅堂里有棕榈树啊、喷泉啊、柔和的灯光啊，还有穿得花团锦簇的女人啊，那些女人从来没有看到过伦敦白天那种使人清醒的亮光。是啊，在这座迷恋数字和肮脏的工作的、裹在烟雾里的城市中，保罗有他的秘密的圣殿、他的魔毯、他的那一小片永远映照在阳光中的蓝色和白色的地中海海岸。

有几个保罗的教师持有一个理论，认为他的想象力是被那些吹得天花乱坠的小说引入歧途的。可是事实是，他简直不看书。家里的书都是既不会诱惑，也不会腐蚀一个年轻人的心灵的。至于看他有些朋友极力向他推荐的小说呢——得了，他从音乐中更快地得到他所需要的。任何音乐，从一个交响乐队到一个手摇风琴。他只需要那一星火花，那一点儿难以形容的刺激，使他的想象力控制他的感觉，他就可以自己创造情节和画面了。同样真实的是，他并不是个演员迷——按这个词儿通常理解的意义来说，他再怎么也不是。他压根儿不想当演员，也并不想当个音乐家。他觉得没有必要做这些事情。他要的是看，是处身在这种气氛中，在像波浪那样起伏的气氛上漂流，像在蓝色的水面上一里格①又一里格地漂出去，离开一切。

在布景后面待上一宿，保罗发现学校比平时更叫人厌恶了：地板上不铺地毯，墙壁上光秃秃；乏味的男人，从来不穿礼服大衣，也不在纽扣眼里插紫罗兰；女人呢，穿着单调的长袍，声音尖利，可怜巴巴地斤斤计较支配予格的前置词。他不能容忍让其他学生有一刹那认为，他认真地对待他们。他一定要向他们表明，他把那儿的一切都看作不值一提，而他在那

---

① 里格（league）：在英美约为三英里或三海里。

儿，反正只是开开玩笑罢了。他有那个剧团里所有的演员的亲笔签名相片，他给他的同班同学们看，告诉他们最叫人难以相信的故事：他跟那些人熟到不拘礼地来往，他跟那些到卡内基音乐厅来的独唱家相识，他跟他们一起吃饭，送花给他们。当他的故事不再有吸引力，他的听众越来越没精打采的时候，他会向所有的孩子告别，宣布他将要去旅行一阵子，去那不勒斯，去加利福尼亚，去埃及。然后，下一个礼拜天，他会悄悄地溜回来，神情忸怩，带着神经质的微笑，说什么他的妹妹病了，他不得不把这次旅行推迟到春天。

保罗在学校里的情况一天比一天严重，越来越不像话。他一心想要让他的教师们知道，他对他们的轻蔑是多么强烈，他在别处受到的赞赏是多么全面。有一两次，他提到他没有时间跟定理打交道。接着——眉毛一扬，显出一副使他们困惑的、神经质的虚张声势的派头——说，他在给一个剧团里的人帮忙。他们都是他的老朋友。

事情的结果是，校长去找保罗的爸爸，保罗就从学校里被带走，送去工作。卡内基音乐厅的经理得到通知，要他另外找一个领座员，接替保罗的位置；那家剧院的看门的奉命不让保罗进去；查利·爱德华兹过意不去地答应孩子的爸爸不再跟他见面。

那个剧团里的人员——尤其是那些女人——听到保罗的一些故事，感到非常有趣。她们都是工作艰苦的女人，大多数得养活懒散的丈夫和弟弟。她们知道那个孩子已经被刺激得这么狂热和天花乱坠地凭空编造以后，都沉痛地笑起来。她们同意教员们和他爸爸的意见，保罗的情况是严重的。

东行的列车冲破正月里的暴风雪隆隆前进。当火车头在离纽瓦克一英里的地方拉响汽笛的时候，阴沉沉的黎明开始显出灰色。保罗从座位上一下子跳起身来，他刚才蜷缩着身子靠在那儿，心神不安地打盹儿。他用手擦擦水汽蒙蒙的窗玻璃，盯着外面看。雪花像一道道旋转的涡流盘旋在白茫茫的洼地上空，积雪已经厚厚地堆在田野和栅栏上，而这里那里，高高的枯草和干了的野草茎黑压压地突出在雪地上。零零落落的房子里透出灯光。一伙站在轨道旁的工人摇着号灯。

保罗睡得很少，他感到肮脏和不舒服。他在硬席车厢里待了整整一宿，因为他害怕他要是待在普尔门卧铺车厢①里，可能会被哪一个在丹尼和卡森公司的办公室里注意过他的匹兹堡买卖人看见。汽笛声把他一吵醒，他急忙紧紧抓住自己的脑袋，带着捉摸不定的微笑东张西望。可是那些个子矮小、浑身溅满泥土的意大利人仍然熟睡着。过道对面那些邋遢女人张开了嘴，还没有醒呐。连那些脏兮兮、哭哭啼啼的娃娃眼下也没有一点儿声息。保罗又尽可能定下心来，摆脱不耐烦的情绪。

他到达泽西市车站的时候，匆匆忙忙地吃了一顿早饭，神情明显地不自在，紧张的眼光老是看着周围。他来到第二十三街以后，跟一个出租汽车驾驶员商量，坐车到一家这天刚开张的男衣铺去。他在那儿待了两个多钟头，反复考虑，认真仔细地挑个没完没了。他在试衣室里穿上那套新便服。礼服大衣和礼服，还有新衬衫，他都乱七八糟地塞在汽车里。接下来，他坐出租汽车到一家帽铺和一家鞋铺去。他的下一个地点是蒂法尼②公司，他在那儿挑了几把银把刷子和一枚银领带别针。他说，他不想等着，将他的银器刻上标志。最后，他逗留在百

---

① 普尔门设计的设备讲究的卧铺车厢。
② 蒂法尼（Tiffany and Co）：查尔斯·刘易斯·蒂法尼创办的纽约著名的珠宝店，经营珠宝、豪华的玻璃器和陶瓷器等；该公司制造的纯银器改进了式样，在全世界赢得极大声誉。

老汇的一家皮箱铺里，把他买的东西都放进各种各样的旅行包。

一点钟多一点儿，他坐汽车来到华道夫①门前，把车钱付给出租汽车驾驶员以后，就走进旅馆办公室。他登记他是从华盛顿来的，说他的爸爸和妈妈在国外，他到这儿来，是等他们的轮船到达。他讲得头头是道，没遇上什么麻烦，因为他提出先把房金付给他们；他租了一套有卧房、起居室和浴室的套房。保罗不是一回，而是上百回计划过这么进入纽约。他跟查利·爱德华兹反复研究过这件事情的每一个细节，而在他家里的剪贴本上，有好几页从礼拜天的报纸上剪下来的描写纽约旅馆的文章。

他被领到八层楼他的起居室里，一眼就看出房间里样样都按规格布置着。同他脑子里的那些图画相比，这地方只缺乏一样东西，所以他按铃把侍者叫来，差那个侍者下楼去吩咐买鲜花。他神经质地走来走去，直到那个侍者回来，放好他那些崭新的内衣内裤，侍者一边干活，一边高兴地抚摸那些衣裤。鲜花送来以后，他急忙把花放在水里，然后一下子钻进盛满热水的浴缸。一会儿，他从雪白的浴室里出来，穿着亮晃晃的新的丝内衣，抚摸着红浴袍的穗子。窗外，雪纷纷扬扬地下着，他几乎看不到街对面的景致。可是室内，空气温暖舒适，芳香扑鼻。他把紫罗兰和长寿花放在长沙发旁的小凳上，接着长长地叹了一口气躺下去，拉过一条罗马毛毯盖在身上。他累坏了。他走得多么仓促，他熬过了多么紧张的时刻，在过去的二十四个钟头里赶了这么多路，他要想一想这一切是怎么发生的。风声、温暖的空气和鲜花的阴凉的芳香使他平静下来，他深深

①　华道夫（Waldorf）：即华道夫–阿斯多里亚斯饭店，纽约著名的旅馆。

地、迷迷糊糊地陷入回想中。

事情简单得惊人。当他们把他撵出剧院和音乐厅的时候，当他们夺去他的生活的支柱的时候，整个事情事实上已经决定了。其余的只是时机问题罢了。唯一使他惊奇的是他自己的勇气——因为他有足够的认识，他老是被恐惧折磨着。那是一种提心吊胆的恐惧。近年来，他说的那些谎话像罗网似的笼罩着他，恐惧把他身上的肌肉越勒越紧了。直到现在，他记不得什么时候他不在害怕。哪怕他还是个小孩子的时候，恐惧就一直在场——在他背后，或是在他前面，或是在他身旁。总是有他不敢看的阴暗的角落、黑暗的地方，可是从那些地方，老是有什么东西盯着他看——而保罗知道，他干的事情看起来可不漂亮。

可是眼下他有一种奇怪的轻松的感觉，好像他已经向角落里的那个东西挑战了。

自从他憋着一肚子火，束缚在日常工作中以来，这样的心情他才有了一天。只是在昨天下午，他跟往常一样被派遣到银行去，把钱存在丹尼和卡森公司的户名下——可是这一回他奉命把存折留下结账。他带去两千多元支票，还有将近一千现金，他把现金从存折中取出，悄悄地放进自己的衣袋。在银行里，他填写了一张新的存款单。他的胆子还真不小，居然回到办公室去，一直做到下班，找了一个完全合情合理的借口，要求明天，礼拜六，休息一天。他知道，银行存折要到礼拜一，或是礼拜二才会退回去，而他的爸爸下礼拜不在城里。从他把钞票放进衣袋那一刹那起，直到他登上开往纽约的夜车，他一会儿也不犹豫。

这一切容易得叫人惊奇。他来到了这儿，事情办妥了。

这一回，他不会给人叫醒，楼梯顶上也不会有人了。他望着窗外飘扬的雪花，直到睡熟。

一觉醒来，已经是下午四点。他大吃一惊，跳起身来，他宝贵的一天已经过去啦！他在打扮上差不多花了一个钟点。每修饰一下，都要对着镜子看个仔细。样样都十全十美了。他一直想要成为那种小伙子，眼下他活脱儿是这副模样了。

保罗下楼去，要了一辆出租汽车，从第五街直奔公园①。雪小一点了。在冬天的黄昏中，汽车和买卖人的货车无声无息、匆匆忙忙地来来往往，围着羊毛围巾的男孩们在铲去门前台阶上的雪，给白茫茫的街道一衬托，大街上热闹的地点变成色彩缤纷、鲜艳夺目的场合。这儿那儿的街角上，玻璃橱窗后面盛开着形形色色的鲜花——紫罗兰啊、玫瑰啊、麝香石竹啊、铃兰啊。雪花呢，粘在橱窗上融化。

这些花这样违背自然地开在冰天雪地里，不知怎么的，显得格外可爱和迷人。公园本身是一幅出色的舞台上的冬天景色。

他回来的时候，滞留的暮色已经消逝，街上的景色变了。雪下得更紧，那些有许多层的大旅馆里透出一道道灯光，高大的建筑毫不畏惧地屹立在暴风雪中，任凭大西洋上吹来的狂风肆虐，岿然不动。一辆辆汽车组成一条黑色的长龙，在这条大街上移动，一会儿在这个横路口，一会儿在那个横路口，同那些在横路上移动的汽车组成的长龙交叉。

在他的旅馆的入口处附近，停着二十来辆出租汽车，他的驾驶员不得不等待。穿着制服的侍者们在伸展到人行道上的遮篷下跑来跑去，红色的天鹅绒地毯从门口一直铺到街上，他们在地毯上跑上跑下。旅馆上面、附近和里面，几千个跟他一

————————
① 指纽约市的中央公园。

55

样一心想寻欢作乐的人，嚷嚷咧咧，沸沸扬扬，忙忙碌碌，摇来晃去。而在他周围，处处显眼地证实金钱万能。

这孩子一刹那间认清这种情况，咬咬牙，挺起胸。一切戏剧的情节、一切传奇的内容、一切刺激感官的玩意儿像雪花似的在他周围盘旋。他好像是在暴风雪中燃烧的一捆木柴。

保罗下楼吃晚饭的时候，乐队奏的音乐飘到升降机井里来欢迎他。他一跨进熙熙攘攘的走廊，就一下子坐到一张靠墙的椅子上，缓一口气。明亮的灯光、嘈杂的谈话声、浓郁的香味、叫人眼花缭乱的各种色彩——他一刹那间有一种受不了的感受。不过，只有一刹那。他跟自己说，他们都是他的自己人。他慢腾腾地穿过一条条走廊，走过书写室、吸烟室、接待室，好像他在探索一座魔宫的一个个房间，这座魔宫是单为他一个人建造和安排了许多人的。

他走到餐厅里，在一张靠窗的桌子旁坐下。鲜花啊、白桌布啊、各种颜色的玻璃酒杯啊、女人的鲜艳的盛装啊、噗噗地开酒瓶塞的声音啊、乐队反复演奏的抑扬起伏的《蓝色多瑙河》啊，这一切用使人眼花缭乱的光辉照亮保罗的梦。当他的梦染上香槟酒的玫瑰红色彩的时候——那冰凉冰凉的、咕嘟咕嘟冒气泡的贵重玩意儿在他的玻璃酒杯里泛出奶油色，像是浪花——保罗感到疑惑，世界上到底有没有老实人。他沉思着，这就是全世界的人奋斗的目标，这就是一切斗争的目标。他怀疑他的过去是不是真实。他曾经对一个叫科迪莉亚街的地方很熟悉吗？那儿，神情疲劳的买卖人很早就乘电车了。在保罗看来，他们不过是机器上的铆钉罢了——形容憔悴的人，老是有几根孩子的头发粘在他们的上衣上，衣服上有烧饭菜的气味。科迪莉亚街——啊，那属于另一个时代和另一个国家！他不是一直这样生活的吗？从他有记忆开始，他不是一夜又一夜坐在这儿，沉思地望着这些闪闪发亮的器皿，用大拇指和中指慢腾腾地转动酒杯的高脚的吗？那些酒杯不是跟他手里的这一个一样的吗？他确实自以为是一向这么生活的。

他一点也不感到困窘和孤独。他并没有特殊的愿望，要想会见或是认识这些人当中哪一个。他要求的只是旁观和猜测的权利，观看这个豪华的场面的权利。他争取的只是舞台上的道具罢了。那天夜晚，他在歌剧院的包厢里也不感到孤独。他完全摆脱了神经质的担惊受怕的心情、做作的气势汹汹的姿态、迫不及待地想要表明同他的环境格格不入的愿望，他现在觉得他的环境说明他的身份，没有人会盘问衣着考究的人的。他只要穿上这身服装，以防万一就行。他只要眼睛向自己身上的燕尾服瞟上一眼，就好使自己放心，在这儿不可能有哪个人会叫他丢丑。

那一夜，他发觉他自己舍不得离开那间美丽的起居室去睡觉，在那儿坐了好久，望着角塔窗外的狂风大雪。他临睡以前，把卧房里的灯都开着。一方面是因为他一向胆小，另一方面是他要是夜晚醒来的话，就一刹那也不会产生痛苦的疑惑，糟糕透顶地怀疑墙上糊着黄色糊墙纸，或是床头挂着华盛顿和加尔文的画像。

礼拜天早晨，这个城市完全盖满白雪。保罗很晚才吃早饭。下午，他偶然碰到一个放荡的旧金山小伙子，一个耶鲁大学一年级学生，那个年轻人说，他礼拜天赶来，花上一天，作一次"小小的冒险"。他提出要让保罗看看这个城市的夜生活。吃罢晚饭，两个小伙子一起出去，直到第二天早晨七点钟才回旅馆。他们喝着香槟酒，建立起无话不谈的亲密友谊以后才一起出发的，可是他们在电梯里分手的那会儿冷淡得异乎寻常。那个大学一年级学生恢复镇静的神情去赶火车。保罗呢，去睡觉。他在下午两点钟醒来，口渴和头晕得厉害，就打铃要冰水、咖啡和匹兹堡报纸。

保罗一点也没有引起旅馆管理人员的怀疑。他早就受到指点，所以很有气派地享用他偷来的钱，一点也不使自己引人注目。他主要的贪婪隐蔽在耳朵和眼睛里，他的挥霍也没有叫人讨厌的派头。他最心爱的乐趣是看他的起居室里冬天阴沉沉的亮光，悄悄地享受他的鲜花、衣服、宽阔的长沙发、烟卷和有财有势的感觉。他记不得以前什么时候心情这么平静。他用不着说一些无聊的谎话，一天又一天地说谎，单凭这一点，他的自尊心恢复了。他从来不为了取乐说谎，哪怕是在学校里，而是为了要使他自己受到注意和钦佩，为了要表明他跟其他科迪莉亚街上的孩子不一样。他还觉得自己更有男子汉气概，大大超过别人，甚至更老实，因为他用不着装模作样地夸口了，他能够像他的当演员的朋友经常说的那样"演上角色"了。特别的是，他一点也不懊悔。他过的是金光灿烂的日子，一丝阴影也没有，他尽可能让每一天过得十全十美。

他到达纽约的第八天，发现匹兹堡的报纸上把事情原原本本地报道出来了，报道中包括大量细节，这说明以耸人听闻为特点的地方新闻正处于不景气状态。丹尼和卡森公司宣布，孩子的父亲已经把他盗用的款子全部偿还，所以他们不打算起诉了。那个坎伯兰派牧师受到记者访问，表示他仍然希望感化那个没有母亲的孩子，使他改邪归正，可是保罗在星期日学校里的女教师却声明，她不会为这个目的花什么力气。谣言传到了匹兹堡，说有人在纽约的一家旅馆里看到那个孩子，他的爸爸已经动身到东部去找他回家。

保罗是刚走进房间，来换礼服，准备去吃晚饭的；他一下子坐在椅子里，膝盖发软，双手紧紧抱住脑袋。这甚至比监狱更糟。科迪莉亚街像一片不冷不热的洪水，最后将永远淹没他。摆在他眼前的是一年又一年的灰色、单调的生活，再也没有出头的希望。星期日学校啊、年轻人的集会啊、黄色糊墙纸的房间啊、潮湿的擦盆子毛巾啊，这一切一下子都涌回到他的脑子里，清楚得叫人受不了。他又产生了从前那种感觉，那种乐队突然停止演奏，曲终人散的沮丧感觉。他脸上冒出汗珠，他跳起身来，带着苍白的不自然的微笑打量周围，对着镜子里他自己的脸眨眼。保罗从前经常功课全都没有学会，却有点孩子气地带着会有奇迹出现的信念去上课。眼下，他也带着这种信念换上礼服，吹着口哨，直冲到走廊里的电梯前。

他一走进餐厅，听到音乐的拍子，他的回忆就被他以前那种只顾眼前的心情照亮，这种心情有一股灵活的力量，带着他上升，使他对眼前的一切感到心满意足。他周围豪华的排场和富丽的装饰，不过是人生舞台上的小摆设罢了，却又一次，也是最后一次，在他身上产生跟往常一样的威力。他会让人看到，没有人能逮住他，他会漂亮地结束这件事情。他比任何时候更怀疑，到底有没有科迪莉亚街，接着第一回毫无节制地喝酒。归根结底，他难道不是一个幸运儿吗？他不是依然故我，处境毫无变化吗？他神经质地按照音乐用手指头敲出伴奏，看着周围，一遍又一遍地跟他自己说，干得挺值得。

在悠扬的小提琴声中，他一边喝着冰凉、香甜的酒，一边昏昏沉沉地思索，他原可以干得更聪明一些。他原可以乘一条开往外国的轮船，那么眼下早就不在他们的掌握中了。不过，当时世界的另一面看起来好像太遥远、太靠不住了。他那会儿不可能等待。他的需要太强烈了。要是他不得不再作一次选择的话，明天他还会做同样的事情。他一往情深地看着餐厅周围，这会儿餐厅里有一片淡淡的烟雾。啊，干得挺值得！第二天早晨，保罗被脑袋和双脚抽痛弄醒。他昨夜衣服也没有脱，就身子一横，倒在床上，穿着皮鞋睡熟了。他的四肢和双手像铅一样沉重，他的舌头和喉咙干得快要裂开了。他突然变得头脑清醒起来，这对他是个重大的打击。

只有在身体筋疲力尽、神经完全松弛的时候，他才头脑清醒。他一动也不动地躺着，闭上眼睛，让现实感像潮水那样哗哗地拍打他。

他的爸爸在纽约。"待在什么地方。"他跟自己说。他回想起接连多少个夏天前门台阶上的情景，就好像劈头盖脑地给污水泼了一身。他身边的钱不到一百块了，他比任何时候都更清楚，钱就是一切，是他憎恨的一切和他想要的一切中间的一堵墙。事情正在结束。他光荣地进入纽约的第一天就想到这一点，甚至早就准备了一了百了的办法。眼下，那玩意儿就摆在梳妆台上。昨天晚上，他吃罢晚饭，醉醺醺地上楼以后，就把它取出来了——不过，那闪闪发亮的金属刺痛他的眼睛。不管怎样，他不喜欢它的模样。

他好不容易才从床上爬起来，走来走去，时不时被一阵阵恶心折磨着。这是他一向有的沮丧，可是范围扩大了：整个世界变成科迪莉亚街。然而，不知怎么的，他对什么都不害怕，心情平静极了。也许是因为他终于看透了那个黑暗的角落，知道了究竟。他看到的情况是够糟的。可是，不知怎么的，并不像他过去长期害怕的那么糟。眼下，他一切都看得清清楚楚。他有一个感觉，他争取到了最好的局面，他过了那种他打算过的生活。他坐在那儿，对那把左轮手枪盯着看了半个钟头。不过，他跟自己说，这可不是个办法。后来，他走下楼，叫了一辆出租汽车到渡口去。

保罗到达纽瓦克以后，下了火车，另雇一辆汽车，吩咐驾驶员顺着宾夕法尼亚铁路出城去。雪厚厚地覆盖在路面上，田野上尽是被风吹成的很高的雪堆。只有在这里那里，枯草和干了的野草茎突出在雪地上，显得异乎寻常地黑。保罗在进入乡下好一程以后，把出租汽车打发走，顺着铁路磕磕绊绊地走去，种种不相干的事情混乱地出现在他的脑子里。那天早晨他看到的一切像一幅真实的图画似的印在他的头脑里。那两个出租汽车驾驶员啊，那个没个牙齿的老太婆啊，他向她买了那些插在大衣上的红花，那个售票员啊，他向那个人买的票嘛，渡船上的一切乘客啊，他们的面貌他都记得清清楚楚。他的脑子应付不了眼下有关性命的大事情，却狂热而熟练地分辨和整理这些形象。这些形象在他的心目中构成一部分丑陋的世界面貌，使他头痛，使他的舌头感到火辣辣的刺痛。他弯下身去，抓了一把雪，一边走，一边放到嘴里，可是那雪好像也是热的。他走到一座小山坡上，铁路在他脚下二十来英尺的地方穿过一条近路，他站住脚，坐下来。

他注意到他佩在大衣上的麝香石竹花冻蔫了。娇艳的红色褪尽了。他记起了在纽约的第一夜看到的所有那些在橱窗里的花，一定早就遭到了同样的下场。尽管那些花勇敢地嘲讽玻璃橱窗外的冬天，它们却只有一刹那的灿烂。看来这场反抗那些指导世界前进的说教的斗争，归根结蒂，是一场败局。保罗从他的大衣上小心谨慎地取下一朵花来，在雪地上挖了一个小洞，把花埋在洞里。接下来，他打了一会儿盹，他看上去好像已经弱得感觉不出天气寒冷了。

越来越近的火车声把他吵醒了，他一下跳起身来，记起了他打定的主意，生怕他会太迟。他站着，盯着看那越来越近的火车头，他的牙齿抖得咔嗒咔嗒直响，嘴唇咧开着，显出害怕的微笑。他神经质地向旁边看了一两回，好像他被人监视着。

等恰当的时机来到,他就跳下去。他往下掉的时候,清楚得受不了地想到他这么轻率是愚蠢的,他还有许多事情没有做呢。他脑子里闪过一个个画面,比任何时间都更清楚,蓝莹莹的亚德里亚海水、黄澄澄的阿尔及利亚沙漠。

他感到胸口给什么东西撞了一下——他的身子被撞得在空中一路迅速地飞出去,飞得又远又快,简直没法估量,这时候他的四肢慢慢地松弛了。接着,因为他那制造画面的机构已经毁坏,那些叫人心烦意乱的幻象一下子都陷入黑暗,保罗落进冥冥中对万物安排的结局。

(鹿　金译)

摇钱树

一

当我看到几个挎着照相机的青年走上甲板时，我才意识到克雷西达·加尼特在船上。她站在光亮的地方，裹着迎风飘舞的浅紫色披巾，温顺地摆好姿势让他们照相。她戴着一顶不适宜于航海的帽子，宽阔的、朝气蓬勃的脸上充满微笑。她在人群中，一眼就能被人认出是个美国人。所有有关她的报导，都是美好的，如果早餐的食物是好的，女主角们也必然是好的——特别对一位声称将举行第四次婚礼的不能再年轻的女主角。

才不几天前，我和几个朋友在谢里家吃饭，我看到杰罗姆·布朗和几个青年进来。他容光焕发，喜气洋洋，令人惊叹。

有个人说："他快交运了。他要和克雷西达·加尼特结婚了。开始，大家都不相信，后来克雷西达证实他将得到全部存款，大家才相信，这女人真是一座钻石矿。"

如果说，有人在一瞬间唾手而得一座钻石矿，那就是杰罗姆·布朗。作为克雷西达的老朋友，我却不忍听到那座钻石矿又要重新开采。

我离开纽约，已经有一年没看到克雷西达了。现在我停在跳板上看到她依然如故，毫无改变，怀着永不衰退的热情，干那有关她职业的极琐碎的事。离得那么远，我就看出她那眉目传情的微笑。甚至也认出了我们在哥伦布经常称之为"加尼特"的面貌。

在走向甲板的扶梯脚旁站着和克雷西达命运攸关的两个重要人物。一个是她姐姐朱莉娅小姐,是个五十来岁、皮肤松弛、面带愁容的女人。她的皮肤逐渐衰老变为海泡石似的棕色,那不致被人误认的"相貌",一看就知道是个加尼特。在她身边,站着一个青年,穿了一件粉红衬衫,戴着一顶绿绒帽,用皮带牵着一条法国猎狗,吸着一支香烟,旁若无人,骄傲地眯着眼睛在看旅客名单。这是克雷西达的独子霍勒斯。但他却一点儿也没有加尼特的相貌。他丰满红润,性格懒散、傲慢,柔滑的椭圆形脸蛋,二十二岁,风华正茂。他的上唇开始有了细髭的影子。他像肥沃的土地上生长出来的成熟果子。他的这种特别的甘美感,他母亲称之为"东方味儿"。他姨母一直以发愁的眼光在他旁边盯着他,站着一动也不动,他们俩好像那四脚站着的叭喇狗,它厌烦地守着旅行箱。他们强制地木然不动,克雷西达下舱去,让他们活跃起来——叫他们干点什么,或者要他们成为什么样儿。前面,栏杆旁,我看到了身子弯曲、神态热切的背影,我不由得要找寻那希腊犹太人米莱塔斯·波帕斯。他是克雷西达的伴奏和影子。除了杰罗姆·布朗,我们都在这儿了,我想着笑了起来。

在克雷西达一伙中,我首先与之交谈的是波帕斯。那是两小时之后。我突然看见他把一个用美国星条旗花布制的靠垫丢到船外去,我就走到他面前。我想克雷西达大概从来没航过海,这种旅行用的非常舒服的东西,为什么不合她的胃口。波帕斯看到我时,星条布靠垫正好脱手。他仍把手伸在栏杆外,站在那里,手指傲慢地弹回来。"差点把你忘掉!"他耸耸肩说,"克雷西达夫人知道我们多么欢迎你参加这次旅行吗?"

他说的是审慎的合乎文法的英语——他蔑视那种美国式的语言——但他的口音中却有一种说不出的外国腔——有点嘶哑。虽然他把送气音"th""发得认真彻底，但总是带有"d"的重音。波帕斯站在我前面，穿着一件灰色的扣紧的短上装，戴着一顶灰色小帽，那色调跟他的皮肤、头发，以及上蜡的小胡子完全一样。一只单片眼镜，用一条黑色宽带子摇摇晃晃地挂在胸前。他的年龄，我无法猜测。十二年来，这张我所熟悉的克雷西达背后的瘦削的狼似的脸，至今未变。我已习惯于他冷酷、傲慢的态度，习惯于他那双令人惊恐的深陷的、紧蹙的、带黄色的碧眼。眼中老是闪烁着因失败而愤怒的光芒，好像他真的马上要和你决一雌雄，或者最后和世界决裂。

我问他，克雷西达是否与伦敦方面订了合约。

"是的，曼彻斯特节。在皇后大厅有几场音乐会，康文特花园演出歌剧，是莫扎特歌剧中比较特殊的一出。她仍能唱得很好——当然，这根本不是我们的期望，而只是表明我们的克雷西达夫人一直是、现在仍然是一个迷人的不同寻常的例外。"波帕斯的声音在说到他的委托人时，总是以保护人自居，要是双方都了解她的缺点，他总想把对方拉到两人共同的机密之中。

在我和他的交谈中，除了关于他对克雷西达的帮助之外，我想到一个关于他个人生活的话题，问他是否仍和前几年一样还患有面部神经痛，问他是否对伦敦感到害怕，因为那儿的气候通常是对他不利的。

"还是老样子，"他打断我说，"还是老样子！我到伦敦来，简直活受罪。我的圣母！我在纽约已经够呛，在伦敦就像乘了妖精的车子，一点不假！我的神经在大西洋海水洗过的国家里，就会变得异乎寻常，哆嗦得像墨西哥的小秃毛狗，从不轻松。我想我告诉过你,在中亚细亚,神圣的亚细亚,那里有一个城市我很喜欢,几乎整年不下雨,你可以受到几百米方圆温暖干燥的沙漠保护。我幼年时到过那里,如果我这里不干了,我仍想去那里隐居。现在,我也许会去那里,现——在,"他的声音因怨愤而高了起来,"如果克雷西达认为不再需要我了——你知道,她有种种幻想,"他挥动着他的双手,"有人迎合她的幻想。你我为了迁就她的幻想,已经在一起演戏了。"

我们向克雷西达的特舱内打开的窗下一排躺椅走去。她已躺在那里,裹着淡紫色披巾,穿着显然根据杰罗姆·布朗的爱好而缝制的紫色服装。左边是霍勒斯,已沉迷于一本法国小说。右边是朱莉娅·加尼特,哀怨地凝视着灰色的天际。克雷西达看到我,在她的皮领大衣下挣扎着站了起来。这个举动可大大超过了霍勒斯或朱莉娅小姐的安排。不出我所料,朱莉娅小姐不太高兴。加尼特家的人对我的态度都不好。是不是因为我提醒了他们希望忘却的事情,还是他们认为我对克雷西达评价过高,而把他们评价过低,我却不知道。但是当我出现在他们的舞台上时,我总是十分尊重他们。霍勒斯向我让了座,朱莉娅小姐含糊地说她认为我比上次她看到我时脸色好多了。克雷西达挽了我的手向船尾走去。

"我说,卡里,我猜想我能在这里或在伦敦看到你,因为在我一生中,你总是在我需要的时刻出现。"她信任地按按我的手臂。我感到她再次为新的目标振奋起来。我把听到的一些有关她婚事的传言告诉了她。

"那是真的,不过也是势所必然。"她要我放心,说,"以后我会告诉你,你会明白这是真正的解决办法。他们反对我,当然——除了霍勒斯,他们全反对我。霍勒斯真令人安慰。"

我想,霍勒斯的支持可能与以往一样,总是要和他母亲的签字做交易的。苍茫的五月，变得又暗淡又阴冷。我们在一个舱口坐下，那里从下面什么地方散发着一股暖气。

由于靠得这么近，我仔细观察了克雷西达的脸，感觉到她经久不衰的生命力而放下心来。她原有的意志力量依然存在，还有与之并存的她那特有的乐观精神，以及她"解决问题"的宿愿。

"你最近在哥伦布吗？"她说，"不，你不用告诉我了。"

她叹了一口气，"为什么？卡罗琳，我想再活下去，可留下的生命这么少，少得甚至连想一想也感到沮丧。不过，我真的还没这样消极，可以说，我不属于过去而属于未来，你说对不对？"

我同意她，但还不够热情到足以吸引她的注意力。她若有所思地连续说："的确，这是一个暗淡的国家，一个暗淡的时期。不过我有时怀疑这种暗淡是否在我身上也有。因为它肯定是跟着我的，这真是无话可说了！"她控制了一时的沮丧，"海洋的空气最初总是使我不快。因此到了末我反而感到舒服了。"

"我以为朱莉娅总是叫你不快，"我坦率地说，"但也许这种不快同样会过去的。"

克雷西达笑了："朱莉娅比乔治娅还要令人讨厌，不是吗？不过这次轮到朱莉娅。我不能独自一人来，这渐渐变成了他们的希望。除了这，他们什么也不想。"

这时候，船上的服务员走到我们面前，拿着一只蓝信封，"加尼特夫人，你的无线电报。"克雷西达焦急地伸手接了电报，客气地说声谢谢。她喜形于色地撕开信封。"杰罗姆·布朗来的。"她神色有点慌张地说，一面把电报折成小方块塞在她紧身衣的纽扣之间。"有些事他忘了告诉我了。你在伦敦准备住多久？好，我让你和他见见面。一等我合约期满，我们就可能马上在那里结婚。"她站起来说，"现在我要写几封信。请你在你的餐桌上留个位置，有时我可以从我们那一伙溜出来和你共餐。"

我和她一齐走向她的躺椅，那躺椅正被波帕斯占着。他做了一个想站起来的姿势。克雷西达摇了一下手就走进了她的包舱。在波帕斯跟前走过时，他的目光信任地在她身上扫过去，直到看见她胸衣中露出的一角折成小块的信封，他的眼光才停下来。他一定看到过原来在服务员手里那长方形的信封，现在他又退到后，才退回到霍勒斯和朱莉娅小姐中间的躺椅上。他对朱莉娅小姐，我以为不会比对世界上任何其他人更讨厌。他喜欢朱莉娅就像喜欢我一样，而他喜欢我，又像喜欢在旅行中偶然发生好感的女人一样。一次两次，每逢横渡大西洋时，他总有一两次把自己装扮得十分迷人。竭力使自己的技艺不致荒疏——同样道理，他在包舱的舱底藏着练手法的哑键盘。他常常要打小算盘，付最少的费用。他从不租用躺椅，因为霍勒斯经常在玩牌室，他可以坐在霍勒斯的椅子上。

他们三人躺着看着那不断上涨的海浪。两个男人，按理先把朱莉娅小姐裹得暖和后，自己也盖上了毛毯。我在甲板上来回漫步时，他们不同程度的毫无表情的目光使我吃惊。一个是迟钝的、棕色的杏子似的眼睛，半开半闭；一个是一双紧蹙的狼似的碧眼，目光斜视，东张西望，总是在找些什么；一个是水汪汪的灰眼睛，像一块天蓝色的破裂的玻璃边。要想知道他们每一双眼睛背后在打些什么主意，我得要花一番很大的工夫。

他们三人坐成一排，因为他们全都编织在一张相当宏伟灿烂的生命之画中。每人拿到一张债券，每人都有一份怨愤。

如果他们如愿以偿，我不知道他们将如何对待养育他们的、慷慨轻信的人？每一个自私自利的人所强求的是何等深刻的耻辱！他们几乎已伤害了她的幸福，甚至她的人身。我想朱莉娅小姐曾盼望有一天，克雷西达"垮掉了"，而她去哀悼她，但是克雷西达凭着温暖自己的火星，小小的秘密的希望，可笑的或崇高的幻想，一直活下去。他们会立刻把火星踏灭，他们还有整个加尼特家一帮人做后盾，肯定会把它熄灭。全体，可能要除去米莱塔斯·波帕斯。他是鹰类中的一只秃鹫，他有一张鹰嘴。不过我常常感觉到如果他有时竟对她发善心的话，那就是他偶然发现她在非常困难情况下的和蔼态度，发现她在排定日程，订好计划，不断被人"报导"，广泛和社会接触的生活下还是给予他温暖和轻信，他可能会手下留情而饶了她。

天气越来越粗暴了。朱莉娅小姐终于拉了波帕斯的袖子，表示她不愿再裹着毯子继续躺下去了。从各方面看来，她走后，势必要离开一会儿了。克雷西达说过，如果她不带朱莉娅，便要带乔治娅，或者别的加尼特家属来。克雷西达的家庭，好像那个不得人心的威尔士王子的家庭。在威尔士王子死后，有个爱开玩笑的人写了一首诗：

> 如果是他的兄弟，
>
> 比别的人死还好些，
>
> 如果是他的姐姐，
>
> 没有人会惦记伊。

朱莉娅小姐已经够令人沮丧了，可乔治娅小姐更会乱闯乱闹。乔治娅的出现，是对世界尤其是对俄亥俄，证明所有加尼特人是和克雷西达一模一样的两粒豌豆。朱莉娅和乔治娅两姐妹，都是妇女俱乐部的会员，社交场所的服务员，音乐协会的指挥。她们不断在中西部来回旅游，主持各种会议，或分送自己的地址。她们使人想到好像两部老式的颠簸的电车,用看不见的运动方法滚来滚去,经常由于耗完了电而抛锚在某个不方便的地方,一直要等克雷西达给她们一张支票或某种建议才能出来。克雷西达在早餐时匆匆阅读早晨的来信,她一看到她们的笔迹时的那种紧张焦急的表情,我实在太熟悉了。她经常把她们的信放在一边,"等到她能忍受得了时",再去看它们,而先去拆看其他可能有些优雅或令人愉快的内容的信件。有时这些家庭的牢骚,她要让它们搁好几天。任何其他信件可能会遗失,但这大量来信,从来不好好放在信封里,似乎有免于遗失的魔力。它们源源不绝地向克雷西达倾吐长篇累牍的说辞,至于说,为什么她的姐妹们要这样做,要说某些事情是为了她的缘故,因为她是举世闻名的人物。

事实上,所有加尼特家里的人,特别是她两个姐姐,满怀对克雷西达一种习惯的、暴躁的、无事业心的妒忌。她们永远不会忘记,不论她为她们做了什么,或者把她们带到世界上多远的地方,她决不会让任何一个姐妹同住在她纽约十号街的房子里。可她们认为这就是她们最需要的。不过,归根到底,她们最需要的,就是变成克雷西达。二十年来,她投身奋斗的首先是为生活,然后是事业的开始和成长,最后才是成名成家。开始时在黑暗中奋斗,以后,又在明亮处奋斗——她的奋斗由于没有靠山和年轻无知,需要更多的勇气。在这二十年中,加尼特的一家人舒适懒散,自鸣得意。现在她们希望克雷西达让她们平均分享她奋斗所得的较为优厚的报酬。她哥哥布坎南告诉我,用他自己想说的话说,克雷西达应该"成为他们中间的一员"。他们渴望使她成功的才能,觊觎她由此而得到的利益。他们不但要她的皮大衣,她的名誉,她的幸福,他们还要她个人的生命力,她对生活的较鲜明的激情和较强烈的愿望。

"有时，"我听克雷西达看着一束字迹潦草的信时说过，"有时，我真有点泄气了。"

几天来，恶劣的气候使朱莉娅小姐和她的女仆在克雷西达的包舱里像幽居在修道院里一样。路易莎先向我吐露加尼特小姐"很顽固"。晚饭后，我总觉得克雷西达比较自在，那时霍勒斯总在玩牌室里，而波帕斯先生则不是在按摩他的神经痛，便是对船上某个年轻女人进行对自己感兴趣的训练。一天黄昏，第三个夜晚已经过去，大海比较宁静。天上布满一朵朵乌云，在破碎的乌云边上，闪烁着银色的月光，克雷西达对我谈起杰罗姆·布朗来。

她过去的丈夫我都认识。她第一个丈夫叫查莱·威尔顿，霍勒斯的父亲，也是我的表兄，他是哥伦布一个教堂里的风琴手。克雷西达和他结婚时才十九岁。他在霍勒斯出生后两年死于结核病。在他长期患病期间，克雷西达看护他并维持生活。在她第一次结婚的三年里，她的勇气足以使每个有识之士预感她将来的成就，并且使我感觉到她的婚后生活很可能是十分幸福的。当然，对于每个继之而来的实践，有其特殊的原因，还有充分诱人的对成功的希望，对于杰罗姆·布朗的婚姻，她的主旨我以为比以前各次对我解释的比较含糊而缺少说服力。

"这不急，"她使我放心地说，"事情进行已好几年了。他从不催我，可总在我心里——是个可以依靠的人。当我还在大都会演唱时，我在惠廷斯碰到他，我总觉得他与众不同。如果我遭到任何困难，我可以求他。你不会了解，那对我来说是一种什么样的感情。卡里，如果你回想一下，你会明白，那是我从来没有的。"

我承认，就我所知，她从不醉心于依靠别人。

"我从来没有人可以依靠。"她说着微微一笑，然后又十分严肃地继续说，"不知怎么，我与人的关系到了最后，总要变成买卖关系。我以为这可能是因为我除了必须具有职业上的个人风格，以及取得其他许多必需品之外，没有很多属于个人的东西可以给人的缘故。可是我还得给别人很多很多东西。我必须千辛万苦地为别人做些什么，而别人什么也不必做。"

"这对他们没有好处，"我坚定地说，"反而会丧失真正关心你的人。"

"你的意思是叫我做卑鄙的人？"

"长时期使你忧虑，分心，最后一场空。"

她悲痛地点点头说："是的，我知道。你过去常常警告我。咳，我的兄弟姐妹没一个不以为我带走了家里的成就，正如以为我可能带走了家里的银子，如果真有银子的话。他们的想法是好像在一只提包里有许多珍宝，我伸手拿掉，什么也没有给他们留下。到了我这样的年龄，这是一种令人清醒的阴郁的事实。"克雷西达拉住我的手握了一会儿，好像她需要更多的勇气来面对她的现实。"一个人回想起自己第一次成就时，很希望他在回家时变成一棵挂满礼物的圣诞树——一个人在一生中要学到多少东西！那年，查莱刚死，霍勒斯还是一个婴儿，我随威廉乐队到西部旅行演出，这完全是我对家里人的感情使我去的。那时我为什么没有跳入一条污泥河里，或者打开装在肮脏的旅馆房间里的煤气，我到今天仍不明白。到了二十二岁，一个女人除了能把她丈夫埋葬得体面一点外总还得希望点什么，而我所希望的，就是使我的家庭幸福。后来我在德国也是这样。一个年轻的女人应为他人而生活。霍勒斯还不够。我当然也要有爱人。假如我已经有了爱人，我想你会说这不是更好吗?"

看来,已经无需我再饶舌了。但我仍咕咕哝哝地说,我觉得限制一个情人的贪得无厌似乎比限制不满足的妒忌的家庭更有可能。

"好啦,"克雷西达振作起来说,"我曾经有一次把一切都解脱了,不是吗? 也许用一种比较温和的方法,还能再解脱一次,我因查莱失去控制时,我第一个告诉你,你又是长久以来唯一了解布拉西斯·布卡尔卡的人。那时,我至少震动了加尼特他们,我没有分心或空虚,那时我的头脑是清醒的。"

"对,"我同意她,"那时你是头脑清醒的。回忆起来是十分令人满意的。"

"即使这样,"她叹了一口气,"到末了,除了律师和账目,什么也没有——还留下一个伤痕,一个痛了很久的伤痕。我真不懂,我是怎么啦?"

比起所有我认识的女人来,克雷西达的毛病是更要求男人们的占有本能。不过这话不好讲,即使我们是极其坦率的深交。

如果不是霍勒斯过来神经质地问我们,是不是在进舱之前去玩一次牌,我们可能已经谈到克雷西达生命史中布卡尔卡的一章了。我借口不适推辞了,克雷西达则站起来和他一齐走了。后来,我碰到他们站在乱哄哄的统舱甲板上方的船尾上。这时天空已渐明朗。月光洒满甲板。在银色月光下的舱面上,在棉被和被巾下面,东一堆西一堆的小丘,大概是一家家的男、女、老、小。这儿那儿,还有人裹着黑披巾独个儿打盹的。他们温暖地蜷缩在月光下,好像着了魔似的。小丘堆里有一个婴儿哭了,但声音细弱,微小的抗议没有得到回音。万籁俱寂,使我能听到我朋友间一两句低语。我听到克雷西达深沉的带悬求的声音。她在劝导霍勒斯不要把桥牌上的失败放在心上，要他离开玩牌室。

"可是，在这样的旅行中，还有什么好做呢，我的老太太？"他接受劝告，把香烟头扔到船外，"那么，现在要我干些什么呢？"

"唉，霍勒斯！"她喃喃地说，"你怎么能这样说呢？如果我是二十二岁，一个男孩子，有人供养我……"

霍勒斯耸耸肩，扣好大衣纽："呵，我没有你那股子劲，亲爱的母亲。这点我们不用隐瞒。我就是我。我没有要求生到这可爱的世界上来。"

对这样堂皇的词句，克雷西达没有回答。她站着，一手扶着栏杆，头向前倾，仿佛想得出神。微风卷起她的披巾的两端，向上飘扬，在银光下几乎是透明的。不久，她转身走开了——她好像只是一个人，身后只是黑夜中的大海。她慢慢地向前走着，在白色的甲板上，一个坚强的孤独的身影。月光中，轻云似的披巾在她头上缠绕翻滚。她走到自己的包舱门口就不见了。是的，她是一个加尼特，但她仍是克雷西达，她做了她应做的事。

二

我要写的关于克雷西达·加尼特的第一篇回忆录，该是在哥伦布公共小学时期的一些事。那时她是个小姑娘，一头令人喜爱的棕发，一双热切明亮的眼睛，担心地望着教师，背诵着历届总统的姓名和任期："詹姆斯·布坎南，一八五七——一八六一；亚伯拉罕·林肯，一八六一——一八六五"等等。她家原籍北卡罗来纳。大约在克雷西达出生以前，她家以此感到比人优越。的确，加尼特一家人都很相似，形成了"加尼特"仪表，可是这种"仪表"，也不过是一种焦躁的出神的表情，出于一种激动的高傲感。她父亲是个民主党人，要是别人就当上了医生或律师。他为了使家庭摆脱贫穷的生活，在事务所的窗玻璃里面写上"房地产，保险，投资"字样。他在一个共和党团体里，他的政治信仰，使他有高人一等和富有创见的感觉。那时加尼特的孩子们全都进了学校，从一年级到九年级，要是你碰巧走进我们学校的任何教室里，总能看到他们中这个或那个小小的忸怩的脸蛋。他们是些拘谨而不自在的孩子，不公开吹牛，但常常暗示，不知怎么地，他们永远要求特殊照顾，如果老师和同学不加理睬，他们就要怨恨了。只有克雷西达，她是个例外，她天真无邪，像五月之晨，明亮而开朗。

克雷西达和年轻的查莱·威尔顿私奔是毫不奇怪的。查莱除了身体不好，没有什么卑劣的行为。他是她第一个音乐教师，是她参加的教堂合唱队的领队。查莱十分漂亮，是一个古老的败落家庭的"罗曼蒂克"的子弟。他拒绝他叔伯们为他安排的好职业，而出国去学音乐。这对俄亥俄的孩子来说是一种奢望和梦想。他的家书被他的家里人和同样守旧的人家所传阅。的确，查莱和他母亲所谓"他的音乐"，是相当一大批人的浪漫的表现，包括他的小侄子和老姨母以及和睦相处了好几代的邻居。在哥伦布我们这一地区，除了查莱·威尔顿，没有人是按规矩结婚的，也没有人奏结婚进行曲。第一教堂的老太太们经常说他"好像一个妖精在琴键上飞舞"。十九岁的克雷西达，她的美貌足以使坚强得多的头颅转过来，何况俯在大风琴上的查莱·威尔顿的苍白而单薄的脸蛋呢。

这一年有了如此优美的开头，却谱写成严峻残酷的散文，这不过是克雷西达无情的厄运。她的事业，她双手能做的事，都是成功的。但她的遭遇几乎全是不幸。我所认识的任何其他女人要是遇到她的家庭、丈夫、儿子，可能早就垮了。克雷西达比我们多数人更"为他人"而活着。她对她的受惠者似乎只是助长他们的懒惰、妒忌和倾轧，甚至欺诈和卑鄙。

她的姐妹们在俱乐部午餐时，喜欢说克雷西达永远"不会遭受流言蜚语"，她们的说法是不太真实的。有些吹毛求疵的人反对她和米莱塔斯·波帕斯长期密切的合作。

她在德国结婚的第二个丈夫兰基姆·麦科德，是大麦科德·哈维斯特公司的国外代理人，他坚决反对波帕斯，以致逼得她最后不得不在他们两者之间作出抉择。每一个深知她的人都不难理解，她为什么选择波帕斯。

尽管生活的经验不会改变她真正的本质，不过按其职业可以设想有两个克雷西达·加尼特。一个是漂亮的大姑娘，已经是音乐舞台上的"明星"，她把尚未成熟的好嗓子带到了德国。另一个是有才能的艺术家，则已回来了。歌唱家回来主要是米莱塔斯·波帕斯起的作用。克雷西达至少懂得什么是她所需要的。她追求它，找到它，并牢牢掌握它。在与好几位教师和伴奏实验之后，她就静下心来，和波帕斯一起解决她的问题。别的辅导来了又去了——她经常要换新人——但波帕斯始终保留着。克雷西达在音乐方面并不聪明。她也没有变得聪明。谁不记得她首次在柏林演唱"伊苏尔德"①之前，不得不经过无数次的排练？谁不记得乐队指挥显出讨厌的神气，男高音演员闷闷不乐，扮演布兰盖娜的，自恃年轻与天才的金发女魔，不耐烦得怒气冲天？克雷西达除了自己的干劲之外，一切都得靠其他方面。

波帕斯在他那方面也是很像他学生一样不完美的。他有

---

① 据中世纪传说，伊苏尔德是英国西南部康瓦尔王马克之妻，误服迷药，与马克侄子特里斯特拉姆相恋。

不少有价值的东西就是没有市场。如直觉、辨别力、想象力以及一片朦胧的意向和模模糊糊的出发点。而克雷西达对这些却是一窍不通。我记得，当《软毡帽》一书发行时，她感到震惊，说这种书应用法律来禁止其出版。这给我一种暗示：他们的关系已真的形成了。

波帕斯对她是不可缺少的。他好像是她写的有关她自己的一本书，胜过她自己的记忆，只要她需要，随时都可以得到资料。他是唯一彻底了解她、洞察她痛苦的人。一个艺术家最糟糕的秘密，是那些必须运用艺术技巧去解决的问题。波帕斯了解所有对克雷西达来说是极为困难而实际是很简单的事，了解她所有她自己能对付的困难。了解她的愚蠢和前后矛盾，声调的衬托，以及可以预料的那些和思想不相称的东西。他知道哪里是她的完美之处，哪里是需要改进的。和他在一起，她能学到失败乃成功之母的道理。

但是如果波帕斯必须要照顾她时，她总是先去照顾他了。当克雷西达离开大都会歌剧院的时候，波帕斯已经是一个富翁了。他总是收了聘金，还分享她的一部分薪金。他是个脾气单纯的人。她对波帕斯的慷慨成为霍勒斯和加尼特一家人经常攻击她的炮弹，而且作为一个论点以证明他们的贪得无厌是天经地义的。他们没有得到的，他们彼此相告说，波帕斯可能得到了。因此，凡是他们得到的，他们说那不过是从波帕斯手里抢救出来的。波帕斯对他们的广泛掠夺很痛心。克雷西达和她家里人的妥协办法受到他的讥刺和愤恨。可是不知怎么，他自己也不得不和加尼特一家以及霍勒斯，或和她丈夫（如果正好有丈夫的时候）搞好关系。当他们争吵时，他常常提醒他们，无论怎样不要把船翻了，最好在他们把她逼得发怒之前而不要在事后才停下来。由于他是他们中间唯一明白她的财产来源的人——他们知道这一点——因此他们如真的大闹起来，他能为生金蛋的鹅找一个避难所。

关于波帕斯导致克雷西达和麦科德分裂的事，是她姐妹们举在她头上的另一条棍子，她们装作了解得很透彻，经常解释她们为什么说这是她"分离"的原因，并且她们让克雷西达知道这样已使她们家庭蒙上一片阴影，并使生活大下降。

健美的体态，好像用不完的活力，某种"正直的"性格和思想，使克雷西达·加尼特获得的特殊的力量，胜过她在报酬优厚的职业中所得到的。经理们在许多有才能的歌唱家中提升她，因为她如此明慧、真诚，最重要的，她是如此可靠。她的效率好比一座易于安定人心的灯塔，在她几次结婚的间隙中，她的求婚者跟珀涅罗珀①一样多。不管人们最先看到她的是什么，她的富裕使他们如此注目和喜悦，以致他们逐渐看不到其他了。她优秀的品质是她的故事的主题。有一次，如她所说的，几乎丧失了她的前途。她和布拉西斯·布卡尔卡在一起，几乎变成了另一个女人。但还不绝对如此，她的"原则"，正是他所缺少的东西，终于使两口子分开了。上次我和克雷西达一同旅行时讲到的，正是布卡尔卡，而不是杰罗姆·布朗。她乐意回忆这个波西米亚人。由于这是她生命史上最常翻到的一页，所以我要把他记载在这里。

三

一八九×年冬末的一个午后，我和克雷西达在中央公园散步。那是这年第一次暴风雪之后。大雪在前晚下了整整一夜，

---

① 希腊神话中奥德修斯的妻子。奥德修斯在外流浪二十年，珀涅罗珀忠贞不渝，严拒求婚者。

直到次日四点左右才停下来。然后天气渐渐回暖，转晴。头上是一片柔和的雨过天晴，西方是一片金色的烟霭。地平线上万物笼罩着薄雾银光，巨兽似的建筑也像一幅在银色背景上的紫灰色的水彩。沿莫尔河的丛林下，空气像紫藤一样的颜色。向百老汇延伸的一片平滑的白皑皑牧地，上面蒙着一层金黄色的薄薄的水汽。到了五点钟，马车来接我们了。可是，克雷西达叫马车夫回到十号街的家去，通知霍勒斯和波帕斯先生，她将在镇上进餐，不要等她了。随着马蹄得得声的消逝，我们拐弯来到莫尔河。

"今晚我谁的家里也不想进去，"克雷西达说，"这样的天，我不愿在房子里。现在我们回到月桂树林去。那里墨黑墨黑的，在雪地上，我可以大声欢呼。我不知道什么时候曾经感到今晚这样的自由自在。乡间的冬天，乡间的星星，总要使我想起查莱·威尔顿。"

她正当精力充沛，在这个季度她在大都会歌剧院每周演唱两次，有时还要多些。她这样忙于歌剧院的日常活动，却在不寻常的时间里，没有一个随员陪伴，在公园里散步，简直是冒险。我们沿着盖满白雪的河岸和青铜色的月桂丛里的小路漫步时，她一直回忆着我那死了多年的可怜的年轻表兄。"真是生不逢辰，多不幸的生命！他的死对我们俩都不是时候。"她轻轻地叹了一口气，"不过，既然他是不治之症，我也无所谓悲哀。那一年是十分愉快的一年，我们虽然穷，但老天还是给了他一点东西！如果他丢掉一切，那将多困难。"（我想起她的单纯，那是永不会变的，真是江山易改，本性难移）"是的，"她继续说，"我一想到查莱，总是感到亲切。我相信我能把同样的生活重复一次，即使知道以后会发生什么。假如今夜我还只有十九岁，我会丢开一切和查莱·威尔顿一齐驾雪车去。"

我们继续散步，直到一辆辆载着游人回家吃饭的马车愈来愈少，才向七号大街的街口缓缓走去，仍旧谈着查莱·威尔顿。我们决定到一家不远的餐厅去吃饭。那个餐厅在一家香烟店和花店之间，只有一扇狭狭的门，通向街道，像在墙上开了一个洞。克雷西达自欺欺人地以为在这种不伦不类的地方微行会很顺利的。她穿着一件黑貂皮的长大衣，戴了一顶深色皮帽，挂着从俄国买来的红樱桃项链。她走路的姿态，风度翩翩，她的这种名流的气派，是任何伪装所不能完全掩饰的。

院子周围是一间间餐室，里面有普通的意大利风景壁画。我们进去选好桌子时，乐队正在演奏。这个乐队不算坏。我们刚坐下来，第一小提琴手就说他们这乐队好像突然变得平庸了。

"我认识他，"克雷西达得意地说，"他的音色多好，十分出色。他像谁？"她背朝这乐师们坐着。

小提琴手站着用他的头和小提琴柄指挥他的队员。他是个又高又瘦的青年，骨骼粗大，体格强健，穿着一套紧身服。高高的前额带有发光的青白色，头发漆黑，有点粘连。他的神态有点激动，富于戏剧性。节目演奏完以后，他向鼓掌的听众致谢。克雷西达回过头去用赞赏的眼光看他。他目光炯炯地向她瞥了一眼，再次鞠了一躬。这时我注意到他的红嘴唇和浓黑的眉毛。

"他看样子是在穷困中，"克雷西达说，"你看他的袖子多短。他满脸愁容，好像有什么事使他心烦意乱。对音乐家来说这是一个严酷的冬天。"

小提琴手迅速慌张地在椅子上的乐谱堆里翻找什么，似乎在找他失去而非找到不可的作品。后来他在钢琴上放了几张乐谱，激动地对钢琴手说些什么。钢琴手不解地看着那乐谱——他是个胖胖的老人，玫瑰色的秃顶，光亮的衬衫和整洁的领结，好像去参加宴会似的。小提琴手向他俯身，两个肩膀使人觉得他在低哼乐曲的旋律，他那瘦骨嶙峋的手指在乐谱上上下下地指点着。他回到他的指挥台时，我看到其他队员都安心坐着，乐器也没拿起来。

"他想演奏什么新的乐曲，"我说，"似乎是个手稿。"

那确是我们两人从未听到过的东西，很像纽约开始在演奏的近代俄国作曲家的风格。那青年不管那保守的钢琴家在伴奏时的忙乱和落后，拉了一段出色的快板，这次我们俩一再向他热烈鼓掌。他向我们鞠躬答谢，并投以感激的目光。

此后是餐室预先准备好的一般音乐节目，马斯奈①写的歌剧《曼侬》中小妮子唱的变奏曲，当时在这个国家里还很少为人所知。后来，我们付了账。克雷西达拿出一张名片，在上面写了几行字："谨向您高超的音乐和演奏所赐予的愉快享受致以谢意。"她把名片对折好，请侍者交给乐队指挥。当看门的出去叫出租汽车时，我们停在门口，看到在墙上挂着的镜子中，一双粗野的黑眼睛，在房间那一头棕榈树后面绝望地跟着我们。我们出来时，克雷西达看出来那青年很可能有一番艰苦的经历。"他的衣服肯定不是在这里买的，很可能是奥地利小城市里乡下裁缝做的。他似乎粗野得什么都会去抢，他的声音比敲碟子还响，可怜的人。这样的人可真不少。我很想帮助他们。我可没勇气给他钱。他向我们鞠躬时，他的微笑样儿，不是那种肯接受钱的人，你以为怎样？"

"是的，"我同意，"他不是那样的人。他似乎只是想得到赏识。我想。他不是个要钱的人。"

---

① 马斯奈（1842—1912），法国作曲家。

一星期后，我在克雷西达音乐室里的钢琴上，看到有几张字迹特别的手抄歌谱。歌曲的原文是斯拉夫文，下面译有法文，字迹和乐谱都很难辨认，只能凭经验去猜想出来。

我正在看下去，克雷西达进来了。

"呵，正好，"她说，"我正想请你把它清理一下。波帕斯认为这歌谱很有意思。这是那年轻的小提琴手送来的。你可记得——就是那晚在酒店里我们注意到的那个。他还写了一封文雅的信，一同送来。他的名字叫布拉西斯·布卡尔卡，波西米亚人。"

我在钢琴旁坐下来，忙着清理那乐谱。克雷西达则匆匆写了几张紧要的便条，并在一本每页有六张支票的大支票簿上签发支票。我想她正全神贯注于规定个人费用的事务中。忽然她回过头来说："那首传奇《沙卡》最有趣。看几遍，我再和你一起读。"

另外一首《在密林深处》我以为也是十分美丽的。它们都是美妙的歌，很有特色，每支歌都自然成章，一次完成，不可增减。伴奏很困难，但并非不需要。这两首歌没有愚蠢的技巧和优美的字迹。

"我想他应该把速度表示得稍稍再清楚些。"我看完第三遍《沙卡》时这样说，"主要是他的确要有所表示。我认为用乐队来伴奏会更好些。"

"是啊，他已送来了乐队改编的乐曲。波帕斯拿去了。很漂亮——乐器演奏的谱曲很有色彩。英国管很起作用。"她起来指着乐句，"和歌声十分一致。我已请他下星期天到这里来。你如能来就更好了。我想知道你对他的看法。"

星期天的下午，克雷西达总是在家里招待朋友，除非登了广告，要在歌剧院音乐晚会上演出，不过我们会在日报里看到消息的。她一定通知了布卡尔卡早点来，因为我星期天下午四点到达时，他和克雷西达早已在音乐室里了，他们站在钢琴旁热烈地交谈着。不一会儿，他们被其他早来的朋友分开了，我便引着布卡尔卡穿过客厅走向休息室。客人们进来时都好奇地看着他。他穿一套藏青西服，质软而相当宽松，外穿一件短大衣，长长的双排纽背心，两排纽扣一直从下面扣到黑领的领圈下面。这种打扮比他的紧身服显得更外国腔，但却更合适些。他说话很急。英语有些欠缺，法语却很流利。他受法国的影响要比德国深得多——捷克人往往不是倾向于这国的文化，就是倾向那一国的文化。我发现他是个激烈的健谈者。他炯炯发光的眼睛，瘦骨嶙嶙的双手，白皙的皱纹和很深的前额，似乎都参加了谈话。

我问他一星期前的晚上，我们走进酒店时，他是否立刻就认出了加尼特夫人。

"什么？当然！我曾听过她两次午后的演唱。有时晚上最后一幕我也听过。我有一个朋友，他买了票子听上半场，出来后给我那张检查过的票子，我就进去听最后一幕。我穷，我无所谓。"他兴致勃勃地谈到这个小戏法，毫不感到难为情，好像我们和随便哪个人调换一件衣服一样。

我告诉他我很赞赏他小提琴的演技，更赞赏他写的歌曲。

他伸长他鲜红的下唇，皱了眉头："呵，我没有乐器，我拉小提琴是出于必需。长笛、钢琴只是偶一为之。我整整写了三年，我把拉小提琴的手也写坏了。"

女佣给他送上茶时，他拿了松饼和蛋糕。他对我说，他已饿透了，他必须在演奏的地方用饭，他实在吃厌了。"不过，"他的浓眉皱起，形成了一个锐角，"不过从前我在一家面包店里搭伙，馅饼上放一条瘦小的熏鱼，我想我最好还是独自一人吃为妙。"他停下来饮茶，当他尝了一块蛋糕后，他的脸忽然激动得发出光来。他盯着女佣托着盘子走过客厅，走到一个年老僵化的演奏海姆斯坦格尔四重奏的大提琴手面前。"蛋糕，"他感慨地用法文喃喃地说，"在纽约哪里有这样好的蛋糕？"

我对他说加尼特夫人有个手艺很好的厨师能做这种点心。我想是一个奥地利人。

他摇摇头用法文说："奥地利人？真想不到。"

克雷西达正向新来的西班牙女高音巴托拉斯夫人走过去。巴托拉斯穿一件全黑的丝绒袍子，黑的羽饰，钢丝面纱遮着她丰满白皙的脸蛋。她下巴上贴的小圆片也是黑的。

我向她们招呼了一下说："克雷西达，请你告诉我鲁曾卡是不是奥地利人？"

她似乎有些吃惊："不，她虽然是我从维也纳请来的，可是个波西米亚人。"布卡尔卡的表情和他瘦长手中的小半块蛋糕，引起她的联想。她笑笑说："你喜欢这些点心么？的确是你的家乡味儿。你可多吃些。"她点点头，然后走开去招待刚来的客人。

不久，霍勒斯，然后是一个漂亮的穿着伊顿服①的姑娘，给布卡尔卡送来了另一杯茶和一盘蛋糕。我们在屋隅坐下谈论起他的歌来。他既不自负，也不过谦。他很懂得哪些方面确实是好的。我仔细观察他的脸，肯定他还不到三十岁。他额上的深深的皱纹，可能是由于他要强烈表示他的意见时紧紧蹙额的习惯；也可能当他在竭力表达自己的意见时，一旦想清楚了，便把墨黑的眉毛突然升起的缘故。他的牙齿洁白，很不整齐而

----

① 伊顿是伦敦西南的市镇，伊顿服是指伊顿公学的制服。

有点好笑。现代牙医的校正法毁掉了他一半好相貌。他的嘴很不讨人喜欢，因为他那又长又狭又挤的牙齿，无论怎样重排也好看不了。这副牙齿和他那皱眉蹙额、伸嘴唇的习惯，不知怎么，增加了他讲话时引人的激烈程度。谈到他的歌时，他的态度变了。在这以前，他似乎应对自如而兴致勃勃，现在他变得心神恍惚，好像我已把他愉快的下午夺走，把他惊醒，教他重又回到不幸之中。他不停地转动着。当我提到蒲契尼[1]，他用手捧了头说："为什么他们老是这样呢？一点点，不错，很好，但这么多，老是同样的！为什么？"他用绝望的眼光盯着我，正像那次我们走出酒店时在后面跟着我们的那副眼光。

我问他有没有把他的歌送给出版商，我说了一个我认为能赏识他的名字，他耸耸肩说："他们不要波西米亚的歌，他们不要我的音乐，即使街车也不肯为我停下来，对别人可不是这样。每次我在街头等车，别人一招呼便停下来，对我却不停。"

大多数人是不会彻底穷的，无论怎样，总要找个出路。但人们觉得布卡尔卡是另一种人，他可能真的会饿死或者打穿自己的脑袋。他的性格或者他的教育使他忽略某些非常重要的东西。一般我们不能理解人们会缺少这些东西。

客厅里渐渐挤满了一堆堆的朋友们。我把布卡尔卡带回音乐室，那里克雷西达已被客人们所包围。大袖子，大帽子，戴满羽饰的女人；无关紧要的青年，穿着礼服，梳着发亮的头发，满脸堆笑说了许多阿谀奉承的话，实际上不过是想接近她。老年人站着等女主人说一声"再见"。对这些人，布卡尔卡没有什么好谈的。他笔挺地站在外圈，用深情而不耐烦的眼光看着克雷西达。直到后来，她借口要给他看一本乐谱，才引他走进长

---

① 蒲契尼（1858—1924），意大利歌剧作曲家。

房间后端的小间里，就是她收藏音乐书的地方。书架从地板一直筑到天花板。有一张书桌和一盏台灯。靠窗的椅子边可以看到围墙里的小花园。两个人在那里足以隔绝尘世，可仍然是一般的朋友场面。克雷西达在书橱里取出一本乐谱，和布卡尔卡一同坐在靠窗的椅上，乐谱已在两人中间翻了开来，但他们却不再看这乐谱。他们谈得十分亲切。最后，波西米亚人摸出一块发黄的大银表拿到面前，看了一会儿，好像这是一件可怕的东西。他跳了起来，吻了克雷西达的手，低声说了几句话，就快步穿过客厅一直走到门外，连女佣开门也等不及。他显然没有穿大衣，那时正七点。他去镇上的餐馆上班，肯定要迟到了。我希望他有足够的机智得到升迁。

晚餐后，克雷西达和我谈了他的身世。他的父母都是穷音乐家——母亲是个歌唱家，在他孩提时就死了。他被留给一个专横的叔父照料。叔父决定要把他造就成一个牧师，把他送到一个修道院的学校里，并住在那里。布拉西斯幸而碰到一位大风琴手兼合唱队指挥，一个优秀的音乐家。这位音乐家开始时有一段光辉的经历，但后来他在社会上遭到沉痛的不幸和失望。他把希望寄托在他的天才学生身上。而这个年轻的学生也只遇到这样一位教师。布拉西斯二十一岁准备皈依宗教时，他感到生命的召唤实在太强烈了。他就奔向一个他什么也不了解的世界上去。他向南流浪到维也纳，从一个镇到又一个镇，他拉起小提琴，沿街乞食。在维也纳，他加入了一个吉卜赛乐队，他们已为巴黎的一家酒店所聘，因而把他带到了巴黎。他在咖啡店和低级戏院里演奏，为音乐出版商抄写乐谱，找学生教音乐等等。他做了四年老鼠，而饥饿好像是一只猫，使他疲于奔命。他莫名其妙地找到了工作，又莫名其妙地失了业。当我们大多数人学会了实事求是，对困难的事情和市场价值有了一半了解的时候，他已被排除在社会之外，像教堂里钟楼上的鸽子一样受人喂养着。布拉西斯到纽约已一年了，但他对纽约的了解，正如克雷西达说的，好像两天前才一样。

几星期后，因布卡尔卡不再到十号街来，我和克雷西达就去从前他演奏的地方找他，发现是另一个小提琴手在指挥乐队。我们请来了老板，一个瑞士裔意大利人，小心谨慎而彬彬有礼。他告诉我们那青年已经不再在他那儿，他到别的地方去演奏了，但忘记了是什么地方。我们坚持要求和那年老的钢琴家谈一谈，老人最后勉强说出那波西米亚人是被解雇的。他在三个星期前的一个星期天夜里来得太晚了，和老板吵了一架。以前他迟到过一次，受到警告；他很聪明，但很随便，毫无顾虑。老钢琴家把布卡尔卡常住的七号街法国公寓的地址告诉了我们，我们立刻坐车去找他。看房子的女人告诉我们，他在两星期前已离去，没留下地址，也没来过信。她说另外有个雕刻玻璃的波西米亚人，也是租用她的房间的，如果他回来，可能知道布卡尔卡的地址，因为他们是朋友。

为了找布卡尔卡，我们花了好几天工夫。等到我们找到他后，克雷西达立刻为他忙开了。她在一次星期天晚上的音乐会上，在大都会歌剧院乐队伴奏下，演唱了他的作品《沙卡》。她还把他安置在交响乐队里。她说服了保守的海姆斯坦格尔四重奏演员，演奏了他手稿中的一首室内音乐。她使出版商对他的作品发生兴趣，并把他介绍给一些对他有帮助的人。

快到新年时，布卡尔卡完全能够自主了。他已穿上合适的服装。克雷西达的朋友们发觉他很有吸引力。星期天下午，他经常在她家里。的确，由于他一直去，因而波帕斯显然少来了，其他宾客来到时，这波西米亚人和他的庇护者总是在遭受物议的地点——在钢琴旁，火炉旁，在房间那一端的小间里——

两人都兴致勃勃。他始终以恭敬钦佩的态度听从她每一个声音和手势，她对此感到十分快慰——仿佛这种恭顺对她很新鲜，好像刚尝到第一次获得成就时的甜蜜一样。

三月里气候恶劣的一天，克雷西达突然急风暴雨般地出现在我的寓所，无力地坐进沙发里。她说她刚经过了前所未有的费劲的排演。我问她详情，她却答非所问地继续颤抖着，蜷缩在炉边。忽而她又起身走向窗口，站着看那窗外的广场。广场上闪烁着雨点和冰花，还点缀着雨伞的碎片。当她再转身向我走来时，她已下定了决心。

"我想请你和我一起去，"她坚定地说，"那个疯布卡尔卡快完了，好似得了肋膜炎什么的，可能是现在正流行的肺炎。我已请了布鲁克斯医生去看他，但我永远搞不清医生说的话。我要去看布卡尔卡和他的护士，他住的是什么样的地方呀！我已排演了一整天，明晚还要演出，我不能多想。你能跟我一起去么？这样到底能节省些时间。"

我穿上皮大衣。我们下楼乘上等在那儿的克雷西达的马车。她告诉驾车的一个七号街的号码，然后她感到气候对她的喉咙发出警告，说明不能再开口了。我们默不作声地驱车到那地点时，天已黑下来了。法国女房东是个热心的快活人，她接待克雷西达时看了她一眼，似乎印象很深。克雷西达的微行总是失败的。她的黑长袍总算不显眼了，但她在外面穿了一件紫红色的乘车用的丝绒大衣，里面衬着毛皮，袖口和领口都镶着毛皮。法国女人兴致勃勃地用一只眼睛扫过这件大衣，仔细看着被面纱遮了一半的熟悉的脸。她硬要领我们上四楼，跑在我们前头，把充满霉气的黑暗的客厅里的煤气灯开亮了。我怀疑她在我们让护士出去散散步之后仍旧留在门外。

我们看到病人睡在一张大桃木床上。这张桃木床一定是这座宿舍在好日子里的遗物。肮脏的红色长毛地毯，坏了弹簧的红色丝绒椅子，壁炉上镶着双金边框的镜子，都曾为当时舒适的生活作出过重大的可敬的贡献。炉膛里现在是空的，连炉栅也没有了。在有裂缝的大理石下那个灰坑里，有一个难闻的煤气炉在燃烧。拱形大窗挂着沉重的用针别在一起的红色窗帘，被风微微掀动，还把松了的窗框子吹得格格作响。

我正在观察这些东西时，克雷西达向布卡尔卡弯下身去。她把乘马车用的大衣丢在他床后边。一则是可以起保护的作用，二则也实在没有地方可以放这件大衣。她向他招呼了一下就坐下来。病人伸手把大衣拉起来盖在身上。

他带着病态的孩子般的喜悦看看这大衣，长长的手指抚摩着丝绒。"多美的色彩，王后般的色彩。"我听到他用法语这样喃喃地说着。他把一只大衣的袖子塞在他下巴下面，闭上了眼睛。房间里只听到他又粗又急的呼吸声。每当克雷西达把他的头发向后捋，或抚摩他的手时，他就深深地看着她，报以极其崇敬的、天真的、呆呆的微笑，好似对着梦幻或奇迹而微笑。

护士出去已一个小时，我们静静地坐着。克雷西达的眼睛一直看着布卡尔卡。我则吸收着这屋里好像从门下和墙缝里渗透出来的奇异的气味。偶尔听到一声"热水来啦"和女佣在楼梯上重重的小跑声。楼板下有人在一架粗劣的竖式钢琴旁吃力地弹着舒伯特的"军队进行曲"。有时，一扇门开时，可以听到一只鹦鹉在叫"打雷啦，打雷啦"！这座房子是一八七〇年以前建造的，一看窗户和装饰线条就可以知道，墙壁很厚，声音不能干扰，可能布卡尔卡也住惯了。

护士回来了，我们也起身要走。布卡尔卡仍把他的脸搁在她的大衣上。克雷西达就把它留在那儿。"他大概很喜欢这件大衣，"她走下楼梯时低声说，"我回去时可以不要大衣裹了，路不远。"当然，我得把我的皮大衣给她用，因为明晚演唱《安娜夫人》的不是我而是她。

此后，我如偶然不告而进入克雷西达的音乐室，看到这个波西米亚人时，不再为他任何虔诚的态度而惊异，或者当她从小间靠窗的椅子上起来，走到房间来招呼我时，也不再为她容光焕发而惊异了。

布卡尔卡现在当然经常出现在歌剧院里了，几乎每次克雷西达演唱的晚上，人们可以看到他那长长的黑色的头颅，在剧院的某处凝视着。那耳后的高高地耸立在鬓角上的头颅，显得很不自然。我常怀疑他对克雷西达之作为一个艺术家是怎么考虑的，可能他根本没认真想过。卓越的歌喉，漂亮的女人，显赫的声望，三者加在一起构成一个"伟大的艺术家"，成功的同义词。她的成功和物质上的证明，使他眼花缭乱。我从来不曾自他那里听到有关安娜·斯特拉卡的足够的情况——安娜·斯特拉卡是个斯拉夫人，她是克雷西达的对手——他怕这可能意味着他有点不忠。克雷西达始终信心十足地在演唱，满意演出的安排。斯特拉卡唱得随便，好像在做戏。她的歌声基础不好，直接发音的方法也不好。克雷西达总是信守合约，全力以赴地演出；斯拉夫人则有时激动，有时几乎没有声音了。她一次一次用希望、用允诺来搪塞你，但更可能是用她的无可比拟的新鲜的表演来敷衍你。

布卡尔卡不是一个深思熟虑的人。他有他自己的主意，认为一个伟大的女主角应该如何如何，并且认为加尼特夫人理所当然要和他的思想一致。难以理解的是他设法使他的意见影响克雷西达。她开始按照他的见解看待她自己，要和他那突出的头脑里出来的想法一样。她被捧得大大高于她自己。在那个冬天，冰冻了好久的东西随着布卡尔卡一股崇拜的暖气，在她心中终于复苏了。这时，在她的生活中，她简直老听到小鸟在窗外枝头上歌唱。她希望她更年轻，更可爱，更自由翱翔。她希望没有波帕斯，没有霍勒斯，没有加尼特一家。她渴望她是布卡尔卡想象中唯一的魔女。

四月的一天，我们驾车于派克大街，克雷西达穿一件从巴黎赶制出来的绿底报春花的华丽外套，转身向我笑着说："你知道，这是第一个没有心事的春天。这是真正属于我所有的一个春天。这样的春天，也许人们决不会有两个，不管来早或来迟。"她告诉我，她已堕入情网。我们探望生病的布卡尔卡这件事，当然被传了开去。那些与歌剧院有关的人颇有些造谣的本领，他们编造了一个故事。他们编造的手法顶多不过和蜘蛛结网一样。由于克雷西达已"堕入情网"（按照她自己的说法），她只好考虑一个行动计划，把十号街的房子重新装修一下；给她的弟兄们更多的生意本钱；把霍勒斯送进学校；增加波帕斯的提成；然后问心无愧地在升天教堂里结婚。她按她通常办事彻底的作风进行她的计划。她在六月结婚，并立刻和她丈夫航海旅行去了。波帕斯将在八月里在她重登舞台时去维也纳和他们相会。我从她的来信中知道她过得很好，甚至超过她的期望。

他们十月份回来时，克雷西达和布拉西斯两人的身体似乎都变得更好了。她显而易见地焕发了青春。她立刻投入她的演唱生活，又活跃，又轻松，不再严酷地勉强自己了。有些奇怪的是，她变得有点漫不经心。布卡尔卡已不再潦倒，更少任性和反复无常。在他妻子所安排的舒适生活中，他毫无掩饰的欢快，是带有奉迎性的，虽然有点开玩笑的样儿。克雷西达在屋顶有一间缝纫室，给他改装成书房。我上去看他时，往往看到他坐在火炉旁或两手插在上衣口袋里走来走去，欣赏他新的所得。他不止十次地对我说，这个书房是个天才的安排。

布卡尔卡和克雷西达的朋友或客人在一起时，常常装得毫无私心。他的行为像是对她，对自己的好运的一种默默的、不引人注目的感谢。他为得到他妻子的无数帮助而骄傲。克雷西达的星期天下午比以往更热闹了，因为她招待他们更热心了。布卡尔卡举止翩翩地在场，使得她更加神态优雅，光彩照人。人们仍旧觉得他们像从前相识时那样热烈地交谈，但已不经常了。因此他们的客人不再感到厌烦。大家感到十号街好像又恢复了昔日的愉快的气氛。春天，大都会歌剧院旅行演出时，克雷西达的丈夫随伴着，以后，他们又搭船去日内瓦。

第二年冬天，有人开始说布卡尔卡太喜欢家庭生活了。他的身体愈来愈重，变得缺少吸引力。我注意到他越来越不愿到国外去活动了。没有人再说他"粗野"。他好像怕离开家里，甚至在晚上也不愿出去过那灯红酒绿的生活。他说，他为什么要出去呢？家里什么都有。他很少出版作品。他对人说，他正在写一部歌剧。他住在十号街里，好像一株玻璃罩下的热带植物。在纽约他没有其他地方能吃到比鲁曾卡烧得更好的菜，鲁曾卡（意即小玫瑰）和她的女主人一样，重又焕发青春。她现在可以为一个男人，一个同胞做饭了。她不断地创制新的食品。她在厨房里是个烹调能手，自信能得到充分的赏识。她是一个身材丰满，牙齿洁白，美丽的蓝眼姑娘，喜欢谈笑，爱奉承。她热心家务，她的头脑里尽是家常的小故事、俗话、谚语和迷信。不知怎么，她在烧菜时也有些迷信举动。她和布卡尔卡之间有一部完整的关于调味汁、鱼、糕点的传统文献。酒窖里放满他喜欢的酒。鲁曾卡总是知道餐桌上该用哪几种酒。布拉西斯过去读书的那个修道院，以生活讲究而闻名。

这是一个特别寒冷的冬天,我想室内的恒温把布卡尔卡征服了。"想想看,"他有一次对我说,那天正袭来了眼花缭乱的暴风雪,我进去看到他在火炉旁看书,"整天这样暖和,每天如此! 好像活神仙。在巴黎,我几个星期烤不到一次火,洗不到一次澡,像一只街头的小猫。晚上更悲惨。如果这么冷,真会做噩梦。这里,我晚上醒来,暖得使我不晓得冷是怎么回事。她的房间是开着的。我打开我的灯。我真不敢相信自己,会住在这样的地方,除非看到她在那里。"

我开始想:布卡尔卡过去的粗野,好像是最驯服的动物在它们被虐待或受惊时所表现的拼命样儿。他比起大多数在贫困的重压下的人来,可算是得天独厚。他那些最初的优美作品,充满他故国情调的民族音乐,是他的怀乡病和心痛病绞出来的。我怀疑他是否只有在饥饿和寂寞的刺激下才能创作,他的天才是否在他绝望时才不致衰退。这些担心一定使克雷西达感到困扰,虽然他的感恩戴德使一个比较严格的事业家产生了好感。她总是乐意使人幸福,而他则是第一个接受她的恩惠而不被讨厌的人。当他未去陪她春季旅行演出时,克雷西达说这是因为旅行会妨碍他的作曲。但我觉得她是深感失望的。布拉西斯(有时他妻子困难地学他家乡的发音叫他布拉蔡杰),并不浮华或奢侈。他恨住旅馆,即使是最好的旅馆他也不愿住。克雷西达不得不常去找有壁炉或火炉的房子。命运之神是个幽默的角色,他有时给我们的比我们所希望的要多得多。我相信她甚至宁可他对别的女人热情,而不喜欢他那极端懒散的样儿。赢得她的爱的是他古老的火焰,而不是他的驯服。

在她婚后的第三个季度中,克雷西达在大都会歌剧院里只演了二十五场,而在外地演唱得很多。她丈夫并不激励自己去陪伴她,但非常忠诚地在家里专心和她通信,并注意她的事业。他没有野心勃勃的打算以提高她的地位,只是确切地完成她所安排的各种事务。不过克雷西达对她的旅行演出多少有些严格,因此她现在也很少谈及她们未来的计划了。

危机终于从这种逐渐增长的疏远中的一次偶然事件而发生了——这种巧事只要出现一次,对于我们生活的影响就会胜过我们多年的努力安排——这个偶然事件,很像古老的喜剧,不过人物颠倒了一下。克雷西达出门已有好几个星期,在明尼阿波利斯、克利夫兰、圣保罗演唱,然后直上加拿大,再回到波士顿。从波士顿她将乘五点钟的火车直接去芝加哥,然后乘十一点钟的火车经过海滨湖到西部。按照她的时间表,她将有时间在大中央车站从容换车。

到波士顿以后,她热切地想看看布拉西斯。她决定违反她的习惯,也可以说违反她的原则,不和芝加哥交响乐队预先排练(这是有些冒险的),当晚住在纽约,而于次日搭下午的火车西去。她打了一个电报给芝加哥,但她不打给布拉西斯,因为她想来一个古老的爱情错觉游戏,给他一个"大吃一惊"。她认为在严冬的午夜十一点,他当然在十号街的屋里,不会在纽约的其他地方。她送走了行李和波帕斯——他比平常受到责备或奚落时更没精打采——去芝加哥,只拿了一只旅行包,带着她大胆冒险的作风,依然深情脉脉,叫了一辆汽车来到十号街。

因为她希望尽量不惊动布拉西斯而使他得到最大的欢乐,她插上门锁钥匙,直接走进他的卧室。她没看到他在房间里。她终于把他找到了。的确,那是他不应该去的地方。于是,必定出现了难堪的场面。

第二天早晨,鲁曾卡给打发走了,还有两个女佣也给辞退了。八点钟左右，屋子里只有克雷西达和布卡尔卡两人。他们都没有吃早饭。克雷西达乘了午后的火车去履行她和西奥多·托马斯的合约，同时去考虑她的处境。布拉西斯留在十号街，只有一个司炉工的老婆照料他。他对他的行为解释为由于喝酒太多了。他发誓，他的节外生枝是偶然的。这种事过去从未发生过，他只能恳求他妻子的宽恕。但是一般说来，克雷西达的态度，坚决要比屈从容易，她知道自己无法重归于好了。她从未作过卑鄙的妥协，这次要她开始也为时太晚。后来她回到纽约，就住在旅馆里，她再也不肯单独会见布卡尔卡。由于他承认她的控诉，法院的例行公事进行得十分平静，以致她的离婚协议在晨报上发表时，她的朋友们还不知道这件在他们心目中认为极少可能的事。克雷西达的旅行演出，中断了十号街的好客活动。

在律师们处理离婚事务的当儿，布卡尔卡来看我。他十分懊悔，看样子痛苦极了。我感到他的确很困窘。他说，如果那次私通的女人是和她同一阶级的，是一种迷恋，一种私通，他是能够理解她的气愤的。但这种小小的错误，偶然的事故——他的头慢慢地前后摆动着。他要我相信，那个致命的晚上他毫无存心，他酒醉醒来后，他会把鲁曾卡辞掉的，当然也要给她适当的安排。这是件丑事，但在人生中，丑事有时也难于避免。人们必须把它丢开，把它忘掉。他会宽恕他妻子在路上发生可能的任何事情，譬如说，和波帕斯在一起。我打断了他。他对我的谴责低下了头。

"我知道，"他说，"这类事对她是不一样的。但是我什么时候说过我和她同样高尚？从来没有。我只是赞美她，崇拜她。关于我，随便你怎样说都可以。但是你如果说在这次事件中，我对妻子有任何误解，那是不对的。我在这里什么地位也没有了。我是街头来的，但我了解她，了解她所有的美德，胜过这里任何人的美德。如果那事件不发生，她会和我幸福地过上好多年。至于我，我从未相信会有这种幸福。我生来命运不佳。幸福如何而来？偶然。来去都是偶然。她想把幸运赐给一个不幸的人，一个可怜的人，这是她的错误。在这个世界上是不可能的。幸运儿应该嫁给幸运儿。"布卡尔卡停下来点燃了一支烟。他沉坐在我的椅子里，好像不准备起来。他的大手比我初识他时丰满得多了，现在没精打采地垂着。他吸完烟后又转身对我说了开来。

"我也曾作过种种努力。自从她第一次伸出手来帮助我以来，我可曾写过一张字条给其他女人？有几位艺术家演唱我的作品，只要我稍稍有点表示，她们就很愿意刺激一下我的妻子。例如那个西班牙女郎，我对她很严肃、坚强，而她是很风流的。我对我妻子则从未有过这种最轻微的厌烦情绪。自从我和她结婚以后，我从未亲过一个女人的脸！那天晚上我很烦闷，多喝了些香槟酒，结果我变成傻瓜。这有什么要紧吗？我妻子能和我这样的傻瓜结婚吗？不，和她结婚的是像我今天一样，有着全部思想感情的我。但是她正在和一个傻瓜的我离婚，这种傻瓜不管怎样，她是从来不愿看到的。愚蠢这个东西可以饶恕我，但她却不愿原谅愚蠢。甚至当她回忆起我来，她也不愿宽恕。"

他对自己行为的看法和结论是宿命的。他认为在他的一生中，注定了每天有很多痛苦。它被抑制了三年，在某些地方，积聚着：地下，头上。现在一下子倒在他的身上。他终于向我致意，他说，他表示对加尼特夫人永恒的感激，并向我告别。他拿起他的帽子和手杖，吻了我的手。从此我再也没看到他。克雷西达给了他一笔财产，但即使是被妒忌和好奇所折磨的波帕斯，也从未发现究竟是多少。"那很少。"她告诉我，"给他买蛋糕。"她带着并非无情的微笑加上一句。如果少数的钱能使生活安逸的话，她不能不考虑他的需要。

他回到波西米亚自己的村子里。他写信给她，告诉她：他的老师，那个老牧师，仍活着。在他镇上，从他房间的窗口望出去，能看到鸽子整天在修道院的钟楼周围来回飞翔。

他用他本国的文字写了一支关于那些鸽子的歌送给她，题目是《多可爱的家伙》。歌中说：他是那钟楼，而那些鸽子，就是他对她的思念。

四

总的看来，杰罗姆·布朗已被证实是克雷西达几个丈夫中最差的一个。可能除了她的哥哥布坎南·加尼特，他是她所相处的人中最贪婪的了。要满足像爱吃蛋糕的布卡尔卡那样的人的各种愿望是一回事，但是要支持一个金融家，却完全是另一回事。布朗可能是个金融家，或者微不足道。克雷西达和他结婚后，老得很快。她一生第一次要到国外去生活——让杰罗姆·布朗离开失败而永不泄气的活动场面。但布朗不是一个容易被引起兴趣的人，住在大陆的旅馆里，也无法使他不胡闹。他即使只有一个"马克"，也要在华尔街成为一个人物。没有其他可以满足他这种特殊的虚荣心。他越是陷得深，就越是充满深情地告诉克雷西达，说她的担心和忧虑都过去了。不过要从他的乐观中取得事实根据，却好比在羽绒床中找框架。克雷西达所知道的只是她在不断地"投资"以挽救他的投资。当她告诉我她已把十号街的房子抵押出去时，她眼中充满泪珠。"这是怎么搞的？我从不想到钱，除非为了别人的幸福。现在，它成了我生命的灾难,它把我和人们的关系全毁了。幸而,"她擦干眼泪,加了一句不相干的话,"杰罗姆和波帕斯相处得很好。"

杰罗姆和任何人都能相处,这是推销员的本事。他有温暖的手,发光的脸,明亮的眼睛和最新的有趣的新闻——波帕斯没有武器能抵御这样的人。

虽然布朗的冒险从未成功,但还没有明显的灾难,直到墨西哥爆发了一次革命,损害了他在那里的利益。克雷西达只好到英国去,作冬季的旅行演出:那里有她忠实的听众,总是能筹集一笔钱。她上船时,她的朋友们知道她丈夫的生意已陷入困境。但我们直到克雷西达死后才知道是困难到何种程度。

克雷西达·加尼特,众所周知,是在举世闻名的泰坦尼克大邮船上遇难的。原来和她一起旅行的波帕斯和霍勒斯,已在一星期前送走,太太平平地到达港口,好像他们从未踏出伦敦旅馆那样安全。但是克雷西达却在等候这只巨轮的第一次航行——她仍相信所有的广告都是真实的——她踏上了从旧世界到新世界的海道。她已病了,轮船出事时,她在船中底层一间朴素的房舱里,因为她想节省些。显然,她从未离开过她的房间。甲板上也没人看到她。也没一个幸存者带回她一句话。

星期一,从卡帕西雅送来了无线电消息和得救者名单,我和其他好几百人到了白星公司的办事处。在那里我看到克雷西达的车子,车门上印有她那著名的姓名首字母。有四个人坐在轿车里。杰罗姆·布朗已经剥掉了推销员的嬉皮笑脸,容貌松弛而苍老,和俄亥俄来的布坎南·加尼特一同坐在后面。我已好几年没看到布坎南了。他现在已经是个老人,但他还是觉得很为公众所注目,坐在那里把一支雪茄烟在眼前转来转去,带着一副傲慢的傻样儿。这种傲慢是用克雷西达的成功印在所有加尼特人脸上的。波帕斯和霍勒斯坐在前面。波帕斯在咬搁在手杖柄上的麂皮手套的指头。他的头垂着，双肩缩在一起，看来已和犹太人一样老了。我仔细看着他们，怀疑如果克雷西达能够复活，是否会回到他们身边来。最后一批名单贴出来后，四个人回到那高效的轿车中——制造得最好的一种车子——司机又开回去了。我看到那司机用他的工作手套背面擦去脸上的眼泪。他是个爱尔兰青年，对克雷西达十分忠心。

宣读遗嘱时，律师亨利·吉尔伯特，她年轻时的老友，和我被指定为遗嘱执行人。这是我们应该做的好事。她绝大多数的大产业已变成几乎没有价值的股票。可以变卖的财产，只值十五万美元。为了使遗赠给波帕斯的五万元无效，杰罗姆·布朗和克雷西达的家属对遗嘱发生争议。他们把克雷西达的信呈上法庭来证明遗嘱不能代表她的意图，说她几年来一直在信上表示要"好好供奉他们"。

那是怎样的信！一个疲劳的，操心过度的女人的信；答应给钱，寄钱，问上月的汇款是否收到等等。她写给杰罗姆·布朗的信中，要他告诉她生意的情况，恳求他和她去外国的城市，可以把生活过得安静些，使她能得到休息；如果他们不是大手大脚，他们"什么都能满足"。布朗和克雷西达的兄弟姐妹们，没有一个为这些信感到惭愧。这一条来自辛勤劳动，来自一个女人肉体的金子的小河，不管它奔腾直下还是涓涓细滴，看来永远不再为他们重流了。他们把她当作财富的天然资源，一座铜矿，一株摇钱树。

亨利·吉尔伯特本人是个出色的律师，他还请了一个能干的人来捍卫那遗嘱。我们决定在这紧要关头，站在波帕斯一面，相信这是克雷西达的意愿。在他们这一帮人中，他是唯一帮助她一便士一便士地挣得给她带来那么多痛苦的钱的人。他至少比其他人更应得到报酬。我们保证让波帕斯得到了这五万元，最后他确已出发到他那神圣的亚细亚的城市去，那里从不下雨，也不必再用一瓶热水来捂他的脸。

剩下来的财产大家一直为之斗争到底。波帕斯不算在内了，霍勒斯·布朗和加尼特家里的人开始为克雷西达的私人用品而争吵。他们在十号街的屋子里楼上楼下地乱跑。根据遗嘱，克雷西达的首饰、毛皮、衣服归她的姐妹。

乔治娅和朱莉娅一直口角到最后一张鼹鼠皮。使她们大为失望的是有些皮手筒和披肩，她们记得是很大的，可是从贮藏室里发掘出来并陈列在时式的毛皮服装旁边时，证明已可笑地短小。姐妹们在一年以前还彼此推测过她的珍珠、宝玉和绿宝石哩。

我在法庭工作进行中写信给波帕斯，报道这些骇人听闻的情况。我们已不仅是老朋友，更像是好朋友了。他的回信直到前几天我才收到，他寄来一张骑骆驼的照片，下面用德文写着一首诗：

亲密和忠诚，

只在深邃的心里；

虚伪和懦弱，

却在狂欢的那边。

他的回信唤醒了我的回忆。这些回忆本来似乎也随着波帕斯一起进入中亚细亚，现在却敦促我写下这篇非正式的故事。

（万　　紫译）

流言蜚语

基蒂·艾尔夏患了感冒,声带发炎,久治不愈,弄得那些喉科专家们毫无办法。一星期又一星期,她的名字登在歌剧演出的海报上,可一星期又一星期,她的名字被划去,由她的一个对手替代。差不多有两个月的时间,她被剥夺了她喜欢的一切,甚至连她喜欢的人也不让见。她一直被关在房间里,直到后来,她憎恨起玻璃窗来,那些窗把她同世界和窗外中央公园内那一片寒冬的景色隔开了。她正在失去大量的金钱,而更糟的是,她正在失去生活。她希望充分利用的白天正在悄悄地流逝,风光应该在白天之上的夜晚,有可能出现各种无法估量的情况的夜晚正被一些她并不太喜爱的女人夺走。起先,她并不害怕,但是,长时间不知道病情哪一天好转这种情况变成了一种压力,折磨着她。她的紧张也不利于她嗓子的恢复。每天早晨,迈尔斯·克里登检查她的喉咙,总是用一些模棱两可的话敷衍她,说她的病有好转,可结果总让她空欢喜一场,还说明天他或许可以说得具体些。

她的病,当然引起了许多流言蜚语——说她的嗓子失了音,说她一定是在去年夏天某个时候精神失常了。基蒂自己给感冒老是不好吓坏了。她这辈子生过许多大病,但是在这之前,每次都好得很快。难道她开始丧失身体复原的能力了吗?难道她倒霉,这一阵遇不上一件称心的事,只得自己振作起精神来吗?她在十层楼上阳光充足、有许多窗户的公寓房间里踱来踱去,发誓说,如果她以后不得不蔫不唧地过日子,她情愿不活。除了她一向过的那种丰富多彩的生活以外，任何别的生活她都压根儿不愿过。她不会养精蓄锐。只要她需要精力，就应该有精力，随时准备应付她决定要过的紧张生活，她可以毫无节制地浪费精力。如果不可避免的话，她就情愿以后病上一段时间，作为代价。但是，要她有规则地、谨慎而有克制地生活，她可不干。

当她打算把这些想法都告诉克里登医生的时候，克里登医生只是把一根手指按在她的嘴唇上，说等她说话不再损害嗓子时，他们再来谈论这些事情。克里登医生不让她见任何人，除了歌剧团指挥；指挥不善言谈，也不想打开基蒂的话匣子。指挥确实是个阴郁的人，但是在这种不幸的时刻，他也想方设法使自己显得温和些，他同意克里登医生的意见，要她千万别冒风险，过早地登台。基蒂疑心他在暗中支持那个小个子西班牙女人，从她生病以来，她唱的许多角色都由那个女人替代了，这种怀疑折磨着她。指挥关心那个姑娘的利益，那是因为他的妻子对她有一种特殊的照应，他妻子对她有那种特殊的照应，那是因为……这事儿说起来太冗长也太乏味，用不着想下去了。基蒂像厌恶扁桃腺炎那样厌恶歌剧团里那些钩心斗角的勾当。在她身体好的时候，她倒是很喜欢那些勾当的，只是她本人压根儿不会搞阴谋诡计。最糟的是，她的生病使许多事情和人显出了卑鄙的面目。

她一直害怕梦幻的破灭。她愿意相信名利场上出售的任何东西按规定的价格去买都是划得来的。她对自己说，一旦她不再相信这些使人眼花缭乱的东西，她的吸引力就会减弱，她就会身败名裂。她对梦幻破灭的寒心会引起在她演出的夜晚从售票房一直排到第七大道的那一溜黑压压的人流战栗。他们站在寒冷的雨水中，浑身直打哆嗦，因为他们爱相信她的热情是不会熄灭的。她不但为赢得包厢内的观众的倾倒而自豪,而且为那一支弯弯曲曲的队伍而自豪,那些青年人穿着单薄的外衣,有意大利人、法国人、美国南方人和日本人。

基蒂像特拉普教徒①那样隐居了六个星期,在这期间,除了信件、鲜花和使人烦恼的晨报外,她和外界完全隔绝了。他对迈尔斯·克里登说,她再也无法忍受这种完全孤独的生活了。

"我简直没法挨过晚上这段时间。一到晚上,我就感到毛骨悚然。每个晚上都是死囚临刑的前夜。我什么也不做,只是哭,这使我的嗓子变得更坏。"

在同行中最漂亮的迈尔斯·克里登在有些病人的眼中比在别人的眼中显得更俊。他体格健壮、脸色红润、牙齿整齐洁白,对基蒂这个特殊病人有一种焕发精神的作用,她讨厌任何外貌虚弱或者萎靡不振的人。

"我还能干什么呢,亲爱的?你希望怎样呢?我晚上八点到十点来握住你那可爱的手好吗?你只要开口就行。"

"你愿意那么干?不,我亲爱的,眼下我占用你的时间已经太多了。这么长一段时间,世上只有你一个人跟我有接触,而且你总是那么可爱!但是世界是广阔的,我想念它。今晚允许我这儿来一个人吧,来个有趣的可又不过于有趣的人。比如说皮尔斯·特维斯。他刚从巴黎回来。告诉护士,我今晚可以见特维斯一小时。"基蒂用恳求的口气说完这些话,把手指按在医生的袖口上。他低头看看她的手指,古怪地微笑起来。

他和别人一样,在基蒂·艾尔夏面前显得软弱无力。他不愿替任何别人做的事,他都愿意替她做,他会取消任何约会,

---

① 天主教西妥教团中的一个派僧侣,生活严肃简朴,好持久沉思。

从宴会上抽身，撇下一个空位子和生气的女主人，整个晚上坐在基蒂的化妆室里，给她的嗓子喷药，抚慰她的情绪，尽一切努力让她圆满地完成演出。他像音乐教师似的仔细研究她的嗓子，了解它的全部特点以及感情上和精神上的干扰对它的影响。在她的嗓子许可的时候，他迁就她任性的脾气。在这阳光明媚的早晨，她那憔悴、忧伤的面容打动了他的心。

"好吧，今晚你可以见特维斯，只要你向我保证，二十四小时内不流一滴眼泪。我可以相信你的诺言吗？"他站起身来，站到他的病人斜倚在那上面的长沙发前。她的狡黠的表情似乎在说："你还能更相信什么呢？"克里登笑着摇了摇头："如果我明天发现你的嗓子更不好了……"

他走到书桌前，把一束火红的小玫瑰花蕾一个个分开。"我可以摘一朵吗？"说着挑了一朵，坐回到刚才他坐的那张椅子上；他探出身子，基蒂摘去花梗上的刺，把花插进他纽孔里。

"谢谢。我喜欢别一朵你这儿的花。现在我得上医院去了。今天上午有个麻烦的小手术要做。我很高兴要动手术的不是你。要我打电话给特维斯告诉他今晚来吗？"

基蒂犹豫不决。她的一双眼睛骨碌碌乱转，想找一个适当的借口。克里登哈哈大笑。

"啊，我明白了。你已经告诉他了。你对我那么有把握！午饭后睡两个小时，记住，把窗子全部打开。看点儿消遣性的书，但不要看刺激性的，看看某个文风朴素的英国作家的作品，可别看香艳的作品。别对我做鬼脸，就这么着到明天！"

那位可爱的医生一走出门口，基蒂靠回到垫子上，闭上了眼睛。她的反舌鸟因为阳光而变得兴奋起来，正在镀金的大鸟笼里啭鸣。这天早晨送来的一棵白丁香树在温暖的屋子里发出淡淡的幽香。但是基蒂却比刚才和医生在一起时看起来更苍白、更疲倦。就是和他在一起，她只是强打精神，表现一会儿，力不从心嘛。他像其他人一样，能使她装出活泼和娇艳的神情。他相信有他在场，对她是一种安慰。不过他爱慕她，凡是表示爱的人，不管多么轻微，都燃起人的热情。

今天早晨那只反舌鸟特别兴奋。它具有她听到过的最优美的啭鸣声，基蒂希望用什么方法记录下它的即兴表演。但是它的音程无法用她知道的任何音阶表现。这只鸟是帕克·怀特从新墨西哥州的奥约卡利恩蒂带来给她的。在那儿它一直由一个墨西哥老人和一个教小鸟唱歌的瘸腿驯鸟师驯养在松林里，这个驯鸟师是个脾气暴躁、不怎么走红的流行歌手。今天早晨，在它的啭鸣中闪现着美国南方春天银白色的阳光，勾起了人们的回忆。半小时以后，郁郁不乐的女主人在它的歌声中睡着了。

那天晚上，基蒂蜷缩在壁炉前的长沙发上，等皮尔斯·特维斯。她穿着一件有褶的玫瑰色薄纱衣服，外面罩一件同样的有褶的白色薄纱衣服，脖子周围有一圈白毛皮。她的美丽的胳膊赤裸着。脚上那双小巧的中国绣花拖鞋色彩绚丽，好像是古老的瓷花瓶上的彩釉。她看起来像苏丹的最年轻的、最新的新娘，一个玩具似的小美人。她坐在长房间的一头，她所在的房间——光线柔和，似乎是合适地替她布置的。房间里到处都是鲜花：一棵棵玫瑰花啊，一丛丛茶花啊，红的和白的，第一批从温室中培养出来的当今的风信子啊，还有一棵树叶长得像羽毛一样的含羞树，树身高大得可以在下面站人。

基蒂书房的宽阔的正面全是窗户。房间的一头是壁炉，她就坐在壁炉前面。另一头，在点着灯的凹室后面，挂着卢西恩·西蒙画的一幅巨大的室内画，画面气氛热烈、讨人欢喜，画

105

的是基蒂的一群朋友在那个画家巴黎的客厅里喝茶。画面上的房间里充满了很早就点亮的灯光，你可以感觉到外面巴黎街道上冬天暗淡、寒冷的暮色。那个像骑士一样的老作曲家以他特有的姿态站在壁炉前，他曾为基蒂尽了不少力。西蒙太太坐在茶桌旁。B——历史学家，H——语言学家，两人站在钢琴后面热烈地谈论着什么，语言学家的太太正在她可爱的小女儿的帽子上打结。马塞尔·杜兰德，那个物理学家，一个人坐在角落里，他低头沉思的侧面轮廓黑白分明，令人触目惊心，一双冰冷的手扣在突出的膝盖上。一个和蔼的红胡子雕塑家站在他对面，伸手要去拍他的肩头，把他从沉思中唤醒。

这幅画好像构成了另一个房间。因此基蒂位于中央公园西街的书房看起来似乎通向那个迷人的法国会客室内，通向巴黎的一个其中的人们气氛极和谐、阶层极广泛的房间。在那里，她的朋友有的坐，有的站，男人都是著名人士，女人显得朴素而美丽，穿着皮衣、戴着帽子，他们的衣着显然并不时髦——都被温暖的灯光融合在一起，被文雅而优美的人类生活所显示的一种无法形容的气氛结合在一起。

皮尔斯·特维斯悄悄走进房间后，向基蒂问好，然后站在她的壁炉前，越过她的肩头看这幅画。

"他们都分散了，天知道都在哪儿，你让他们一起待在那儿，这倒不错。可你自己的屋子也很可爱哪。"他最后加了一句，眼光从画幅上移开了。

基蒂耸耸双肩。

"哼! 我能帮着给灯添油，可是灯光照耀着的那些贵重东西我可供应不起。"

"好了，今儿晚上，灯光照在你和我身上，我们还不那么差劲吧。"特维斯往前跨一步，亲热地握住她一只手，"你这一阵很难对付吧。我感到难过。不过,你看起来还那么可爱。日子很不好过吧?"

她感激地将他的手放在自己的脸颊上蹭了蹭,点点头。

"实在闷得慌。我和一切都隔绝了,除了——流言蜚语。那倒总是传进屋来。我通常是不介意的,但是这回我却在意。人们确实在这么造我的谣。"

"我们当然爱编造喽。这是我们的一部分乐趣,是你给我们的许多欢乐中的一种。它只是表明,我们是多么需要有趣的名人、皇族,甚至连虚构的浪漫的传说也要。不过我从没听到过什么损害我感情的传说,我对你的事情是很敏感的。"

"关于我的谣传可要比别人的多得多咯,不是吗?"

"我相信是这样的! 老天爷恩赐给你不被人说闲话的日子远着呢! 难道你要气呼呼地埋怨你自己漂亮的相貌吗? 你是那种制造神话的人。你要是不制造一个神话,就转不了身。这可是你独一无二的好运气。一整班搞宣传的人日夜工作,对你的宣传还及不上你对自己的宣传。在你和大众的想象力中间存在着密切联系。"

"我想是这样," 基蒂说,叹了口气,"我几乎同样讨厌别人想象中的我和真正的我。皮尔斯,我但愿你能替我造出一个新的基蒂·艾尔夏来。我能不能彻底改变一下? 比如说,结婚?"

特维斯惊慌地站起来。

"不管你干什么,别想法改变你的传说。你现在是能给最大多数人以最大满足的人。别使你的公众失望。公众的想象力——对此你有一种非常直接的吸引力——为了某个原因,希望你有个儿子,所以就给了你一个儿子。我听到过十一二种说法,各种说法倒都是儿子,从来没有听到过女儿。你的公众给了你最好的东西。还是随它去的好。"

基蒂打着呵欠，靠回到垫子上。

"尽管从来没人看见过这孩子，可他总是存在着，是吗？"

"哦，可是有许许多多人看见过他嘛。让我想想。"他陷入了沉思，神色悠闲，"关于他的最精彩的描述，我是从我母亲的朋友，一个上了年纪的女人那儿听到的，她完全是诚实的，实事求是的。她就经常看见他。传说他给留在圣彼得堡①了。他大约八岁，非常漂亮，各种说法都是这样。我的老朋友经常看见他在冬天的下午坐着雪橇，飞驰在涅瓦大街上。乌黑的马上挂着银铃铛，一个身穿制服的巨人坐在赶雪橇的旁边。这孩子总是由这个巨人照看，他是保罗大公雇来负责照看孩子的。这位太太除了说这孩子漂亮，穿的皮衣豪华和所有在彼得堡的美国人都知道他是你的儿子以外，别的就说不上什么了。"

基蒂哈哈大笑，神情悲伤。

"如果保罗大公有个儿子，随便什么不像样的儿子，莫斯科省决容不下他！他也许确实假装有个儿子也未可知。这很像是他的为人。"她对着自己的指尖和手指上的戒指看了一会儿，显出一副不以为然的样子，"你知道吗？我一直在想我倒挺愿意找到那个小孩。我相信他是有趣的。我已经对这个世界感到厌倦了。"

特维斯抬起头看，立即接口说：

"你会喜欢他的，真的吗？"

"当然会的，"她气愤地说，"但是，我也喜欢别的东西。一个人得作出选择。如果一个人可以选择的东西只有两三件，

---

① 曾改名列宁格勒，现恢复原名。

他的生活是艰难的。但是如果可以选择的东西有许多，他的生活就更艰难。不，总的说来，我对这个传说并不在意。除去那个大公以外，整个传说相当有趣。不过不是所有的传说都是有趣的。"

"可是也没有一个是非常不堪入耳的。至少我没有听到过，只有一个传说使我感到不安，那还是好多年前听说的。"

她显得很有兴趣。

"这正是我要知道的：不堪入耳的传说是怎么开头的？又是怎么传开去的？说的是什么？不会因为这传说太吓人而不能重复吧？"

"不，并不特别吓人，只是很卑鄙。如果你真想知道，而且不发火，我可以确切地告诉你它是怎么回事，因为我已经不怕麻烦地查清楚了。但是，故事很长，而你压根儿跟它一点关系也没有。"

"那么究竟谁跟它有关呢？告诉我，我就是想了解一下这类传说有一个是怎么被制造出来的。"

"你能做到心情舒坦、安静、不发火，又能让我爱看着你就看着你吗？"

基蒂点点头；特维斯坐着，懒洋洋地注视着她，一面在考虑传说中有哪些内容不该告诉她。基蒂喜欢让聪明人盯着看。她知道得很清楚自己长得很好看，她也知道，尽管自己长得很好看，在西蒙的画中有几个面色有点憔悴的女人却有一种她永远不可能有的美丽。特维斯在想，这个自知之明，这个重要的认识比她任何其他优点更可爱，譬如说她的光滑的乳白色皮肤啊，忽闪忽闪的灰眼睛啊，眼睛上方漂亮的额头啊，甚至那销魂荡魄的笑容啊，这种笑容变得越来越过于强烈、过于做作了——至少在公开的场合是这样。现在她坐在自己的壁炉旁，仍然流露出一丝对朋友的微笑，只是不如在台上演出时闪现的那么古怪。总之，她仍然能使人感到亲切，很少有几个艺术家保持这种气质，很少有艺术家有这种气质了。

基蒂打断了她朋友的沉思。

"你可以抽烟。我很希望你抽。我讨厌不让别人干自己爱干的事儿。"

"我不抽烟，谢谢。我可以吃茶桌上的巧克力吗？巧克力对我一样没有好处。你可以吃吗？不行，我想是不行。"他在壁炉旁坐下，把巧克力放在身旁，用悦耳的声音讲起来，他的嗓音总能给听者一种镇静作用。

"我说，这是很久以前的事了，那时你刚回到这个国家，在曼哈顿演唱。一天晚上我顺便走到大都会歌剧院去听试演的新歌剧。这天观众稀稀拉拉，演员表上没有红演员，坐在包厢里的只有保姆和穷亲戚们。第一幕结束时，有两个人走进第二排的一个包厢。男的是西格蒙德·斯坦，百货公司的百万富翁。那个姑娘，坐在我周围的大包厢里的人们开始小声说，是基蒂·艾尔夏。那时我还不认识你，但是我不愿相信你和斯坦在一起。当时我无法反驳他们，因为，要说是外貌上相像的话，那确实像极了。人人都知道你那晚没在曼哈顿演唱。那姑娘的发式梳得跟你当时的一模一样。此外，她的脑袋也像你的一样小巧，而且不停地转来转去。她的肤色、眼睛和下巴也跟你没有两样。她的脸上流露出一种表示不满的冷淡神情，一种人们可以预料到的艺术家在观看明摆着要演砸的新节目时会流露出的神情。她轻轻地鼓掌。在发表意见很自然的时候，她就对斯坦发表意见。我用望远镜仔细打量着她的脸，心想，她的鼻子要比你的瘦削一些，显得更加漂亮了，我亲爱的基蒂，但是也显得比较愚蠢、比较执拗了。我仍然感到不安，直到后来我看到她哈哈大笑——这时，我明白了，她是个冒牌货。虽说我没见你大笑过，但我知道你不可能像那样大笑。那倒不是放声大笑，可确实是一种故作文雅的笑——并不欢乐，也无意义。总之，不是那种会得到那上面我们的朋友，"说着指了指西蒙的画，"喜爱和赞美的笑。"

基蒂用胳膊肘撑起身子，突然怒气冲冲地发作起来：

"这么说，要不是有这一点破绽，你就真的会受骗了！你可以确信，女人，聪明的女人是不会受骗的。我们干吗要为了你们中的任何一个费那个精神使自己像谁呢？我可以扳扳手指，"她竖起四根手指，冲他摇摇，"数出四个我认识的男人，他们一点都看不出任何一个女人真正的长相，他们都是做女服的裁缝。甚至画家"——她回头朝西蒙那幅画瞥了一眼——"也笨头笨脑的，画的女人一直是一个类型的；他们试图把所有的女人都画得像自己的妻子或情妇。你们都是一样的，永远看不见我们的真面目。你们所看到的只是你们在青少年时代从彩色版副刊上看来的那种廉价的漂亮。这太使人丧气了。我情愿立誓修行，永远戴面纱，免得让这种庸俗的目光看到。在盲人的王国里，任何一个女人都是王后。"基蒂用胳膊肘重重地捅了一下垫子，"唉，对此我也无能为力。你继续说下去。"

"你不是发火了吗，基蒂！我当时以为自己很机灵呢。我已经忘记当时的情况了。反正上当的不是我一个人。最后一幕结束后，我在门厅里碰到为到场搞宣传的维拉德，我问他基蒂·艾尔夏在不在剧场里。他说他想是的。斯坦来过电话，预订一个包厢，说他要带别的剧团里的一位艺术家一同来。维拉德一直忙于这次新演出，没能到包厢去，但是他很有把握地说，那个女人就是艾尔夏，他在巴黎遇见过她。

"那以后不久，我在哈佛俱乐部碰到丹·利兰，他是我同学，现在是新闻记者。他的作息时间一直太反常，所以我有好长时间没碰到他了。我们谈起法国现代音乐，发现我和他都对基蒂·艾尔夏极感兴趣。"

"'你能告诉我，'丹突然问我，'这个年轻姑娘有那么多名人可以挑来做朋友，为什么非要跟西格蒙德·斯坦到处转悠呢？这么一来，人们都对她有反感了。斯坦是个最让人讨厌的人。'

"'你亲眼见过，'我问，'她跟他在一起吗？'

"是的，他看见她和斯坦坐在一辆汽车里，他那家报社里有几个人还看见他俩在市中心相当可疑的地方一起吃饭。基蒂在曼哈顿演出的晚上，斯坦总是在那儿转来转去。我告诉丹我怀疑这是个骗局。这引起了他的兴趣，他说，他估计会去调查一下这件事的。总之，我和他都同意去调查。最后，我们搞清了真相，尽管丹永远不可能用这些材料写些什么，甚至连暗示一下这件事也永远不可能，因为斯坦在丹的报纸上刊登了大幅广告。

"为了让你弄清真相，我一定得简要地告诉你一些西格蒙德·斯坦过去的情况。凡是见过他的人永远都不会忘记他。他是纽约市里最最丑恶的人，但是这完全不是通常所指的那种因为吃得太多或老坐汽车引起的难看。他并不是那种胖得可怕的人。他长着一张刻板的马脸，脸上从来没有表情；一个长长的好像给拉平的塌鼻子；一个带着讥诮神情的下巴；牙齿又长又白；双颊平坦，像蒙古人的一样黄；眼睛小而黑，肿眼泡，没有眼睫毛；头发毫无光泽，看起来像死人的一样——瞧着好像是用胶水粘上去的。

"斯坦是从奥地利某地来的，来的时候是个穷光蛋。开始在老罗森塔尔的服装厂里的机器上做。他当上操作快手、领班、推销员，步步上升，最后在第七大道租了一幢古老的住宅，开始做妇女和儿童的服装。我相信他是第一个专门生产这方面服装的老板。几十个服装商生产这种商品，但是斯坦跟他们都不同。他现在是、过去也一向是个人才。他还在操作机器——一个丑陋、营养不良而狂妄的年轻人——那会儿，他就是一个在许多方面都有野心的青年，非常注意自己的穿着、交往和娱乐。他出没于老阿斯特图书馆和大都会博物馆，学习有关绘画和瓷器的知识，听音乐课，尽管他的声音像老鸦叫。当他在地室餐厅吃午饭、坐在烤苹果和炸面圈前时，他会在自己面前竖起一本书，从容不迫、彬彬有礼地对付他那份午饭，好像在他的俱乐部里用晚餐似的。他使自己和同行的工人们保持一定的距离，而且总是想方设法给他们留下他比他们优越的印象。他过于爱慕虚荣，有许多关于他的纨绔习气的传说。他第一次在罗森塔尔的厂里得到提升后买了一件大衣。过了几天，有一个在机器上干活的工人——斯坦不久前也在操作机器哪——穿了一件跟他那件一模一样的大衣来。斯坦设法解雇那个工人，但是他把自己的大衣送给了一个新进厂的俄罗斯男孩，另买了一件。他已经挺阔绰了。

"他开始在妇女和儿童服装上取得成功以后，成了一个收藏家，收藏蚀刻画、瓷器和旧乐器。他有一个舞蹈教师，还雇了一个美丽的巴西人，是个寡妇，教他西班牙语，据说她是拉丁美洲某共和国的特务。他培养各界有才能的无名之士，诗人啊、演员啊、音乐家啊。他气派豪华地款待他们，他们认为他是个工于心计而神秘莫测的犹太人，他有发财的秘诀，他们没有。他的同行认为他是个有审美力、有文化的人，一个艺术的奖掖者，一个为服装业争光的人。

"在许许多多野心中间，斯坦有一个野心是想要被人认为是个有艳福的人。他曾向一个容易动感情的女演员大献殷勤——这个女演员现在已经被人遗忘了，但有一段短短的时间她是很有希望的——结果在服装业中弄得臭名昭著。后来他又追求一个舞蹈演员。然后紧接在高尔基到这儿来访问后，他追求一个俄国无政府主义女人。在这之后，做大衣和女衬衫的工人们就开始悄悄议论，说斯坦最大的成功是和基蒂·艾尔夏的交往。

"丹·利兰和我发现，世界上最难的事情莫过于要驳倒这种说法。他们想尽办法才通过斯坦司机的邻居，一个出租汽车司机那儿知道了那个姑娘的地址。她在韦弗利广场上一幢很不错的房子里有一套公寓。除了斯坦，她的两个姐姐和一个意大利小姑娘以外，没有人去看望她，我们就是从那个小姑娘嘴里知道这个故事的。

"那个假冒者的名字叫露比·莫尔。她在一家女衬衫厂做工，那个意大利女孩玛格里塔是她的好朋友。为了替新开的百货大楼物色时装模特儿，斯坦来到衬衫厂。他把全厂的女工都看了一遍，在几百人中间挑中了露比。下班后，他把她叫到自己的办公室，让她试穿斗篷、夜礼服，给了她一个职业。然而，她从来没有在第六大道上的百货公司里当过模特儿。她和刚到这个国家来的那个歌剧女演员长得很像，使斯坦想到了自己一直在演的戏剧中的另一幕。他安排露比的两个姐姐当推销员，却让露比住在韦弗利广场的一套公寓里。

"对外界来说，斯坦的行为变得比以往任何时候更加神秘莫测。他中止了和放荡不羁的艺术家朋友们来往。不再举行晚宴和戏剧盛会。只要基蒂演唱，他就出现在曼哈顿自己的包厢里，一般是一个人，但也并不是次次都是。有时他带两三个有钱的主顾，从圣路易斯或者堪萨斯城来的大买主。他的服装厂仍然是他最大的财源。我见过他在那儿和这些买主在一起，那些人的脸上流露出好像他们正在听到什么秘密似的神情；他们带着业主的派头坐在包厢里，微笑、鼓掌，显得得意洋洋的，好像他们个个都是基蒂·艾尔夏的朋友。他们叽叽咕咕地说着话，同时用双筒望远镜对准基蒂·艾尔夏看着，斯坦冷冷地坐着，一句话也不说。我想象他甚至没有说过许多谎话。反正他是个最会运用暗示的人。他在邀请他们时，他可能压低声音或者扬扬眉毛，剩下的就全凭他们自己热切的想象力去发挥了。但是，他们带回到各自的偏僻的省府去的是怎么样的传说啊！

"有时候，在他们离开纽约前，他们能幸运地见到基蒂和这位精明的服装商在某个餐馆一起吃饭，她背对着一大群充满好奇心的人，面纱或毛皮领子遮着一半脸。那些人像孩子一样，对任何真实的或可能是真实的事情都不感兴趣。他们需要那种千篇一律的庸俗而花哨的老一套谣言。西格蒙德·斯坦和基蒂·艾尔夏——这样一个故事，一旦传出来，就会在纽约工厂区时髦人物中间流传好几年，没有人会提出异议。在圣保罗①、圣约、苏城②、康斯尔布拉夫斯③服装店的试衣室或老板的办公桌上方往往挂一张基蒂·艾尔夏的相片。

"这个姑娘在纽约制造业的下层阶级中成功地模仿了你六个月。我真怀疑除了在纽约这个城市以外，在世界上别的地方这样的事情是不是办得成，这个城市待你这么好，又相信你就是他们喜欢的那种样子。后来你来到大都会歌剧院，不再住旅馆，租下了这套公寓，开始结交朋友。斯坦在适当时刻停

---

① 美国明尼苏达州的州府。
② 美国艾奥瓦州西部一个城市。
③ 美国艾奥瓦州西部一个城市。

止了他的哑剧，不再捧角儿。当然，露比没有回衬衫厂。斯坦的一个朋友收下了她。从此，她销声匿迹了。去年冬天，在一个寒冷的下雪天傍晚，我又看到她一次。她正走进一家带酒吧的旅馆，身边是一个模样粗鲁的小伙子。她喝得醉醺醺，穿得很寒碜，脚上的蓝皮鞋在泥雪地上留下一串脚印。但是她看来仍然使人惊异，使人深信她就是憔悴的、饱经风霜的基蒂·艾尔夏。看着她走上镶着铜边的台阶，我对自己说……"

"别说那些了，"基蒂很快站起来，不耐烦地朝壁炉迈了一步，一只闪闪发光的精美的拖鞋直伸到炉边，"我对那姑娘不感兴趣，我对她也没有什么办法，当然她根本就没有一点儿地方像我。可是没有了我，斯坦怎么样呢？"

"斯坦？啊，他挑中了一个新角色。他结婚了，场面极其豪华——跟曼德尔鲍姆家族的一位小姐、一个加利福尼亚女继承人结了婚。她家的人在太平洋沿岸开了许多百货公司。斯坦夫妇现在住在第五大道上一幢巨大的房子里。这幢房子原属于跟他完全不同的一类人的，对于老纽约人来说，这是幢有历史意义的房子。"

基蒂哈哈大笑，在长沙发最靠近客人的那头坐下，上身挺直，没有用靠垫。

"我想我比你更了解那幢房子。我来告诉你吧，我是怎么完成你那故事的续集的。

"这事跟佩波·阿莫里蒂有关。你可能记得，我把佩波带到了美国，是在战争爆发的那年把他带进来的，当时，要把没有服过兵役的男孩带出意大利并不容易。我带他到慕尼黑，给他上了一些音乐课。战争爆发后，为了坐船我们只好从慕尼黑来到那不勒斯。人家告诉我们上火车只许带手提行李，可我带着九只箱子，还有佩波。我让他穿灯笼裤，把他的头发卷曲地披在耳朵上，像炸面圈，带一个小提琴盒。我们经过十一天才到那不勒斯。我全靠了自己的花言巧语才让那些行李通过。到了那不勒斯，把佩波弄上船的时候可真吓人。我把他说成是一件手提行李。他打扮得这么可笑，又一路旅行劳顿，已经筋疲力尽，因此他看起来只能像是一件行李。一个检查员有点幽默感，就那么放行了，可另一个却坚决不答应。我不得不像演戏一样。佩波吓坏了，反正他也毫无斗志。

"'Per me tutto eindifferente, Signoria,'①他不住地小声说，'为什么我要失去它呢？我已经失去了。'

"'什么？'我尖叫起来，'不是帽箱吧？'

"'不，不，我的嗓子，从拉韦纳②起就不行了。

"他认为他在路上什么地方失了音。最后我告诉那个检查员，离开佩波我就没法活下去，我要跳进这海湾。我把他当成心头肉。当然，当我发现自己不得不这么做的时候，我希望我没有让这孩子太丢丑。但是，他那副模样尽管那么可笑，我没法让那个检查员相信他是我诱拐来的，我的幸福离不开他。我发觉这个廉洁的官员像大多数人一样，倒愿意帮助一个彻底堕落的人。我要是说一番正正经经、合情合理的理由，诸如给他找个工作或者送他去上学，那就别想把那男孩带出来。哼！这真是个古怪的世界！不过不谈这些了，我得说斯坦夫妇了。

"头年冬天，佩波没有机会在纽约歌剧院演出。在他周围有一道铁的防线，我对他的关心只是使他的处境格外困难。我们那儿成了人们散布流言蜚语的风源，比斯卡拉③还要糟。佩波只得随便去找些活干，勉强糊口。一天傍晚他来找我，说

---

① 意义："对于我来说，一切都无所谓，小姐。"
② 意大利北部一城市。
③ 意大利米兰市有名的歌剧院，建于1778年。

他可以应约到富豪斯坦家去演唱，但是有一个条件，我得跟他一起唱。他们，啊，什么报酬都愿意付！我和他一起到斯坦家去演唱这件事可以给他提供其他类似的演唱机会。你知道，我是从来不到别人家里去演唱的，但是为了帮助这孩子，我答应了。

"音乐会举行的那天晚上，佩波和我同坐一辆出租汽车去斯坦家。我的汽车坏了。演唱即将开始的时候，男女主人来到楼上我的化妆间。他不是很了不起吗？你对他的评价实在太不恰当了。我从来没见到过这么矜持、这么冷冰冰的像座雕像一样傲慢的人。女主人给我的印象是，性格很温柔，心情愉快，不过举止有些过于亲热。我记得，当时我看不出她有什么特别的事情需要显得胸襟开阔、心地善良，因此当她带着叫我放心的神情拍拍我，冲我笑笑时，我感到莫名其妙。她丈夫自告奋勇带我去音乐室，我们仪式隆重地走下楼梯，楼梯上尽是鲜花，像巴比伦的空中花园。在那儿我第一次看见那一群人。他们是陌生人。妇女们个个像圣诞树似的浑身上下闪闪发光。我们走到楼梯中间，这时，人群中嗡嗡嗡嗡的说话声突然中止了，我刚巧说了一句傻话，声音响得像在演说似的。人人都抬起脸望着我们。男主人和我走下楼梯，在一片使我微微感到害怕的寂静中穿过客厅。我忍不住希望能在音乐厅里赢得观众这样的注意。在音乐室里，斯坦坚持替我把一切都张罗好。我必须说，他既不笨拙也不愚蠢，也不像大多数有钱人在家里开音乐会时表现得那样呆头呆脑。我表示出恰如其分的亲切。在这种情况下，一个人得显得很文雅，要不，就得板着脸。你要么像一个老式的德国歌唱家那样站着，一脸怒气——她要钢琴像茶具台那样为她搬来搬去，灯光一会儿向上，一会儿向下，要么你得表现得有些不自然，像一个千方百计想取得成功的初入

118

社交界的女子。这群观众专心致志的注意使我感动。我感到他们那种异乎寻常的兴趣，感到他们完全是找来捧场的。不管怎样，当主人终于离开我时，我感觉到紧张的气氛一下子松弛了，禁不住怀疑起来，也许他们感到好奇的对象是他而不是我。但是，无论如何，他们的热诚使我非常高兴，因此在佩波和我演唱完后，我又应邀加唱了一两支歌。而且在佩波唱的时候，我一直陪在旁边，因为我觉得他们喜欢看着我。

"我已经要求他们别给我介绍什么人，但是，斯坦夫人，当然咯，还是带了几位朋友见我。整个人群开始向我围拢来，一张张容光焕发的脸从四面八方向我逼近，我意识到，身在这些热诚得放肆的人中间，我必须自己照顾自己。我跑步穿过客厅，飞也似的奔上楼梯，楼梯上尽是《旧约》中的各种人物。我经过他们身边时，他们都用高兴、爱抚的眼光看着我，好像我终于回到了自己故乡的小村似的。楼梯最上面站着一个年轻人，头发在边上分开，看起来像一头骆驼。他挡住了我的去路，一把抓住我的双手，说他一定得自我介绍一下，因为他是西格蒙德还是单身汉那会儿的老朋友。我说：'是啊，真有趣！'不知怎么的，整个气氛总是显得过于友好、过于亲密，使我感到不舒服。

"我走到化妆室的时候，斯坦夫人跟进来说，要我一定下楼去吃晚饭，已经特别为我准备了饭菜。我回答说，我没有这种习惯。

"'但是，这儿跟别处不一样，跟我们在一起，你一定会感觉到像在家里一样。你要是不留下的话，西格蒙德永远不会原谅我。晚饭后我们的车会送你回去的。'我无法拒绝她。她的举止像个亲密而熟不拘礼的老朋友，她好像是来拜访我的。我只能对她说，我要马上见佩波，她是否能做做好事把他叫来，这才把她打发掉。她没有回来，我开始害怕起来：我真的会被他们拉下去吃饭。好像我给绑架了似的。我觉得自己像格列佛①一样，身处在巨人中间。这些人都太——嗯，都太过分了。即使你态度冷冰冰的，他们也不会走开。没有人保护我，我一定得离开这儿。我奔到楼梯顶上，往下看。佩波那个傻瓜在那儿，让一群漂亮的女人围住了。她们简直是在抢劫他，可他像个白痴似的咧嘴傻笑着。我撩起裙裾，奔下楼，向他冲去，从围着他的那圈浓妆艳抹的女人中把他拽出来。我抓住他柔软的袖口，把他拉到楼上。我告诉他，我一定得马上离开这幢房子。如果他能打上电话，那最好，万一他要是无法打那么多呼哧呼哧喘着气的太太们前面走过，他就得冲出前门，去给我找辆出租汽车。我觉得自己好像被软禁在苏丹的后宫里了。

　　"他刚冲出去，男主人在门外叫了我好几声。他接着敲敲门，没等我答应，就进屋了。我告诉他，我决不会同意吃晚饭的。他一定要向他那些热情的朋友们说明我的歉意，随便他找个什么理由都行。他并不坚持。他站在壁炉边，说起话来，说一些相当通情达理的话。我没有赶他出去，这是他的房子，而且他表现得态度文雅。过了一会儿，他那伙朋友派了一个代表团，来到过道里，嚷嚷咧咧地说，晚饭要我们下去后才开。我记得斯坦仍然站在壁炉架旁。他没有走动，也没有说一句话，只是可怕地瞪了一眼，就驱散了他们。他身上有一股强烈得吓人的力量。他深深地鞠了一个躬，离开我，还说他会立即派车来。不一会儿，佩波来了，泥浆一直溅到脚踝上，我们俩一起逃离了这幢房子。

　　"一星期后，佩波带着一份《美国绅士》报非常气愤地到

_____

　　① 英国作家斯威夫特所著《格列佛游记》中的主人公。

我这儿,他翻给我看登着三张照片的那一页:最近在纽约结婚的西格蒙德·斯坦夫妇和女高音歌剧演员基蒂·艾尔夏——她在他们的新宅落成宴会上演唱。斯坦太太和我咧着嘴大笑,看起来高兴得发狂似的,在我们中间的西格蒙德令人费解地皱着眉。可怜的佩波没有提到。斯坦很会做广告。"

特维斯站起身来。

"而你却有巨大的广告价值,又不谨慎。这么一个骗局,像你这样的人就免不了会上当。一定会的。"

"谨慎有什么用?"她用手捂住脸小声说,"要是斯坦夫妇想把你弄进他们家的社交圈去,他们最后总会达到目的的。这就是我对你的露比一点也不同情的原因。她和我处境相同。我们都是环境的受害者。在纽约这样的环境里,斯坦那样的人实在太多了。"

(杨 怡译)

瓦格纳①音乐会

　　一天早晨，我收到了一封亮光光的蓝边信纸上用淡墨水写的信，信封上打的是内布拉斯加州一个小村子的邮戳。这封信磨损得很厉害，看上去是在一只很脏的上衣口袋里放了好几天了。它是霍华德舅舅寄来的，他告诉我，他的一个鳏夫亲戚给他妻子留下了一小笔遗产，因此，她得上波士顿来接受产权。他要我到车站去接她，给予她必要的照应。我看看信上说的到达日期，就是第二天。他办事就是这样拖拉，直到这么晚才写信来。要是那天我没在家的话，就准别想见到舅妈了。

　　舅妈的名字——乔治娜，立刻在我面前展开了一个又宽又深的回忆的海湾。当这封信从我手中落下去时，我突然觉得自己对眼下的处境变得完全陌生起来了，对我这书房里熟悉的摆设感到非常不自在和格格不入了。一句话，我又变成了舅妈熟悉的那个瘦长、难看、胆怯害羞、叫冻疮折磨得够呛的小庄稼汉，我的双手因为碾玉米糠而在发裂作痛。我又坐在她的起居室里的风琴前，用我的冻僵了的发红的手指在音键上瞎弹一气，而她就在我旁边，缝制着碾玉米用的帆布手套。

　　第二天早晨，我请女房东为接待客人准备一下，就出发上车站去了。火车到站后，我好不容易才找到了舅妈。她是最后下车的一个乘客。一直到我把她领进马车后，她才似乎真正认出

―――――――――――

　　① 瓦格纳（1813—1883），德国作曲家。

我来。她一路上都是乘的日班客车。她的土布风衣已叫煤灰沾得发黑了，她的黑色的无边女帽已叫路上的灰尘沾成灰色。当我们到达我寄宿的房子时，女房东立刻让她上床去睡了，我直到第二天早晨才又见到她。

斯普林尔太太很会体贴人，她见到我舅妈，尽管感到很惊讶，却并没有表露出来。至于我呢，看着我舅妈那副衰弱的样子，却是怀着一种敬畏之情。当我们看那些把耳朵或手指留在法兰士·约瑟夫地群岛北部地区，或是在靠近上刚果的某个地方累垮了身体的探险家时，就是怀着这样的感情看的。我的乔治娜舅妈以前原是波士顿公立艺术学校的一个音乐教师，那时大约是六十年代后期。一年夏天，她去探访她的祖先们世代居住过的格林山的一个小村庄，燃起了我的霍华德·卡彭特舅舅初次经历的爱情。那时他还是一个终日游荡、无计谋生的二十一岁的小伙子。她一返回波士顿公立艺术学校，霍华德就跟踪而来了。这场痴情迷恋的结果，是她和他一起私奔了。她把家庭的责难和朋友的非议置之脑后，随他到了内布拉斯加州的边远地区。卡彭特一文不名，在离开铁路五十英里远的红柳县得到一份宅地。在那里，他们驾着一辆马车，穿过草原，在车轮上系了一块红布手绢，计算车轮的转数，为自己的家园圈地。他们在红土山坡上挖了一个岩洞，这种岩洞里面住的人，经常回复到原始人的境况。他们从野牛喝水的湖沼里提水，那少得可怜的一点存粮，又经常遭到印第安游民的抢劫。整整三十年来，舅妈从来没有到过离家五十英里外的地方。

我把我孩提时代得到的幸福，多半都归诸这位妇女，我对她怀有一种深深的敬爱之情。在我为我舅舅赶车的那些年月里，舅妈在煮过三餐饭——早餐在早晨六点钟就预备好了——让六个孩子上床之后，经常站在她的熨衣台前，一直工作到深夜。那时，我就坐在她身旁的饭桌边，她则听着我背诵拉丁语的词尾和动词变化规则，每当我一边读着不规则动词，一边昏昏欲睡地垂下脑袋时，她就会轻轻地摇摇我。我开始读莎士比亚，就是在她熨衣服或缝补衣服时对她读的。她的破旧的神话课本是我得到的第一本书。她在客厅里的小风琴上教我音阶，教我弹奏。那架小风琴是她丈夫过了十五年之后才为她买的，在那之前十五年里，她连乐器的面也没有见过。当我费劲地练着《欢乐的农夫》时，她会整个小时坐在我旁边，一边缝补，一边打拍子。她很少跟我谈起音乐，我知道这是什么原因。有一次，我从她的音乐书中找了一个《欧利安特》①的旧乐谱，死劲地硬弹了几节简单的曲子，她向我走过来了，她用手贴住我的眼睛，轻轻地把我的头按到她的肩上，颤声地说："别这样没命地爱上它，克莱克，你可能会失去它的。"

舅妈到达波士顿后的第二天，早晨露面时，她还处在一种半醒半梦游的状态中。她似乎并没意识到，她已来到了她度过青春时期的这个城市，来到了一个她如饥似渴地企望了半辈子的地方。她一路上晕车晕得很厉害，她除了自己身体的不适之外，别的什么也想不起来，实际上，从红柳县的农庄到纽伯里街我的书房之间也只有几小时噩梦般的旅程。我已经计划好了，那天下午要让她稍微享乐享乐，以报答我们以前在茅草顶的牛棚里一起挤牛奶时她所给予我的美好辰光。当时，她因为见我比平常累，或者因为她丈夫对我说话凶声凶气，就会对我讲起她年轻时在巴黎看过的《胡格诺教徒》②的精彩演奏来。

两点钟，交响乐队将举行一次瓦格纳作品专场演奏，我打算带舅妈去；虽然，当我和她谈话时，我对她的欣赏能力是越

---

① 德国作曲家韦伯（1786—1826）的三幕歌剧。
② 德国作曲家迈尔比尔（1791—1864）的五幕歌剧。

来越怀疑了。我建议，吃午饭之前，我们先去看看公立音乐学校和公共草园，可她看去却胆怯得几乎不敢出去。她心不在焉地向我打听了这个城市的各种变化，可她念念不忘的却主要是她忘了关照家里人，要用撇掉了一半乳皮的牛奶喂那头疲弱的小牛。"那是老玛吉的小牛，你知道，克莱克。"她解释说，显然她忘了我离开那个地方已有多久了。叫她更担心的是，她忘了告诉她的女儿，地窖里有桶新开桶的青花鱼，不马上吃掉的话，就会坏的。

我问她以前有没有听过瓦格纳的歌剧，结果发现她并没有听过，虽然她对那些歌剧的各个场景都挺熟悉。而且她还一度有过《漂泊的荷兰人》①的钢琴乐谱。我心里开始想：最好是别去弄醒她，就把她送回红柳县去，我懊悔建议去听这个音乐会了。

可是我们一走进音乐厅，她就不是那样无精打采、呆滞迟钝了，而且似乎头一回领悟到了周围的环境。我本来有些担忧不安，唯恐她会意识到自己与众不同的乡下衣服，或者因为忽然跨进了一个她暌违二十五年的世界而感到窘迫不安。可是，我又一次发现，我对她的评判是多么肤浅。她坐在那里，用仿佛超然的、几乎像石头一般的目光环顾着四周，博物馆里那具花岗石的罗米西亚②就是用这样的目光来看待他的底座周围的灰尘与锈斑的出现和消失的。我在那些走进丹佛③的布朗旅馆的老矿工的脸上，也看到过这种超然冷漠，那些矿工口袋里塞满了金块，布衣衬衫上沾着泥巴，憔悴的脸上胡子拉碴。他们落落寡合地站在拥挤的走廊上，好像他们仍旧在育空河④城边

---

① 瓦格纳的三幕歌剧。
② 十三个古埃及王的名称。
③ 美国一城市名。
④ 从加拿大起源，经美国阿拉斯加州流入白令海。十九世纪末，那个地区发现金矿，造成大批淘金人的涌入。

的一个结冰的帐篷里面似的。

到音乐会上来的大都是妇女。你看不清脸孔和身体的轮廓，一点不错，连任何线条都分辨不清，所见的只是不计其数的五彩缤纷的女人的紧身胸衣，柔软细致、光滑透明的织品的闪光，红的、紫红的、粉红的、蓝的、淡紫的、深紫的、黄褐的、淡红的、黄的、奶白的、白的，这里有一个印象派画家在阳光照耀下的山水中所找得到的一切色彩，还随处可见到一件男子大礼服的黑影。我的乔治娜舅妈望着它们，仿佛那是油画颜料在一块调色板上的大量涂料。

乐师们登场就座了，她期待地稍稍挪动了一下，兴致勃勃地望着栏杆下面那伙人数固定的乐师，也许，这是她离开老玛吉和瘦弱的小牛以来所看到的第一件完全熟悉的事物，我能够感觉到，所有这些细节是如何涌上她的心头，因为我始终没有忘记，当年，我像套在一架囚犯踩踏的踏车上一样，从日出干到日暮，不知时间的推移，无休止地在麦畦间犁啊耕的，后来一下子来到这里，那时它们是怎样涌上我的心头的。乐师们的清晰的侧影，他们的光洁的内衣，暗黑色的上装，乐器的逗人喜爱的形状，照射在大提琴光滑洁净的琴身上、后排的低音提琴上、摇来摆去的琴颈和琴弦上的黄色的光块——我回想起了我听过的第一个乐队，当时，那些长长的琴弓好像一根魔术棍从一顶帽子里拉出几米长的纸带子一样，差点把我的心都要拉出来了。

第一个节目是《汤豪舍》①序曲。当喇叭吹出朝拜者合唱曲的第一个旋律时，乔治娜舅妈紧紧抓住了我的衣袖。我这才意识到，对她来说，这是打破了三十年的沉寂。随着那个曲子

---

① 瓦格纳的三幕歌剧。

中两个主题的搏斗,随着疯狂的维纳斯堡主旋律和弦乐器的拼命拉奏,一种无法抵挡、难以抗拒的荒凉、寂寥之感,向我步步逼来。我又看到了大草原上那座光秃秃的高房子,黝黑而阴森,活像一座木制的堡垒,看到了我学会游泳的黑池塘,看到了塘边被太阳晒干的牛蹄印,看到了那座光秃秃的房子周围几个叫雨水冲成沟渠的泥坡,看到了厨房门前那老是晾着抹布的四棵矮矮的桤树苗。这个世界,是古人的单调的世界:东面,一块玉米地伸展到朝阳初升的天边;西面,畜栏连到了夕阳西沉的地平线,在这之间,是用比战争还要昂贵的代价换来的和平宁静的征服地。

序曲结束了,舅妈放开了我的衣袖,但她什么也没说。她坐在那里,目光呆滞地直望着乐队。她是从那里看到什么啦?我知道,她年轻时是个很好的钢琴家,她受的音乐教育比二十五年前大部分音乐教师受的都多。她经常跟我讲莫扎特和迈尔比尔的歌剧,我到今天都还记得多年以前听她唱威尔地①的一些曲子的情景。当我患发热病躺在她屋里时,她夜晚总是坐在我的小床旁——凉爽的夜风吹进按钉在窗上的褪色的蚊帐,我睡在床上,注视着玉米地上空一颗火红的亮星星——她唱起了:"啊,我们回家去吧,回到我们山里去吧!"歌声是那样凄婉,足以使一个思家心切的佛蒙特男孩为之心碎。

在演奏《特里斯坦和伊索尔德》②前奏曲时,我一直仔细地注视着她,竭力猜想着,那管弦乐的激昂喧杂的演奏,对她来说可能意味着什么,可怎么也猜不出,她只是默默地坐在那里,发愣地望着那些往下斜拉、好像夏天急掷猛落的雨线似的

---

① 威尔地(1813—1901),意大利作曲家。
② 瓦格纳的三幕歌剧。

琴弦。是这音乐传给了她什么信息吗？她还依然能理解她离开后一直鼓舞着这个世界的这股力量吗？我好奇极了，可是乔治娜舅妈却仿佛是在达利安①的山包上寂然不动地坐着。在演奏《漂泊的荷兰人》这个节目时，她始终这样一动不动，虽然她的手指像在重温弹奏过的钢琴乐谱似的在黑外衣上机械地移动着。这双可怜的手啊！它们老是拉啊绞的，现在已变成只会搬货提物和揉揉面粉的爪子了。一个手指上有个磨损的细箍，那原来是一个结婚的戒指。当我按住她的一只在摸索着的手，让它安静下来时，我想起了当年这双手曾为我做这做那的，我的眼睛湿润了。

次中音乐刚奏起《得奖歌》，我就听到了一阵急促的呼吸声。我向舅妈转过身去。她的双眼紧闭着，但是泪珠在她的面颊上闪耀，我觉得，再过一会儿，我的眼眶里也要涌上眼泪了。这样说来，那颗能够如此长期地忍受剧烈痛苦的心始终没有真正死去，它只是由肉眼看去已经枯萎罢了，就像奇特的苔藓能在一个布满灰尘的架子上躺上半个世纪，可是一放进水里，它又吐青萌绿了。随着曲调的展开和深入，她一直都在哭。

中场休息时，我问了我的舅妈，发觉到她并不是第一次听这首《得奖歌》。前几年，红柳县的农庄上来了一个年轻的德国人，是个到处流浪的骑马放牛娃。他还是个孩子时，就跟别的农家小孩一起，在拜罗伊特的合唱队里唱过歌。

星期天的早晨，他老是坐在那间朝厨房的雇工卧室里的方格花布床上，一边擦他的长筒靴和马鞍，一边唱这首《得奖歌》。她紧紧缠着他，一直到说服他去了村教堂参加合唱队才罢休。虽然就我看来，他干这行的唯一的相称之处，全在于他

① 达利安即巴拿马地峡。1513年9月，西班牙探险家巴尔波在这里意外地发现了太平洋。面对这一片广袤无垠的水域，他激动万分，难以移步。

那张孩子脸,再加上会唱这支圣歌罢了。过了不久,他在独立节那天进城去了,一连醉了好几天,在牌桌边输光了钱,又打赌骑了一头驮货的得克萨斯小公牛,然后带着一根断锁骨离开了。舅妈把这些告诉我时,嗓子发哑,精神恍惚,好像她正害着一场病。

"嗯,不管怎么说,我们现在的东西比以前的《游吟诗人》①总要强些吧?"我问道,好心好意地想装出一副快活的样子。

她的嘴唇发抖了,急忙把手绢按到嘴上。她蒙着嘴巴喃喃地问道:"克莱克,你离开我以来,一直都听这个吗?"

她的问话是最温柔、最伤心的责备。

下半场的节目包括《指环》②的四个部分,最后演奏了齐格弗里德葬礼进行曲。舅妈轻轻地、但几乎一直不停地哭泣着,就像暴风雨中一只浅桶,在不停向外溢水似的。她的泪水模糊的眼睛不时地仰望着那些在暗色玻璃灯罩下发出来的柔和的灯光。

音乐像洪水似的滚滚奔泻。我不知道她在那闪亮的急流中发现了什么。我不知道它带着她到了多远的地方,或者经过了什么幸福的岛屿。从她颤抖的脸上,我深信到演奏最后一部分时,她已从千坟万冢的地方给引了出来,已来到了一个灰色的、叫不出名的海底坟场,或是进入了一个更为浩瀚的冥冥之地,那里,打从创世以来,希望淹没了希望,梦想淹没了梦想,弃绝了尘世,安然入睡了。

音乐会结束了。观众边谈边笑,陆续走出了大厅,很高兴地松了口气,又回到日常生活中来了。可是舅妈却没有站起来。

---

① 威尔地的四幕歌剧。
② 瓦格纳的四部曲歌剧,全名为《尼伯龙根的指环》。

竖琴师用绿毡罩住了竖琴；笛手把水从笛嘴里甩出来。乐师们一个个走了，戏台上只剩下了椅子和乐架，空荡荡的，就像一块冬天的玉米地。

我对舅妈开口了。她的眼泪一涌而出，恳求似的抽抽搭搭说："我不想走，克莱克，我不想走！"

我明白了。对她来说，一出音乐厅，外面就是有牛蹄印的断崖和黑池塘，就是那高高耸立、没有上漆的、像座光塔似的房子，和它那风吹日晒而蜷缩的木板，就是那些上面晾着抹布的弯曲的桤树苗，就是那些在厨房门边啄垃圾的脱毛的瘦火鸡。

（汤天一译）

"死于荒漠" ①

　　埃弗特·希尔加德感觉到,那个坐在过道对面的椅子上的男人在目不转睛地望着自己。那人身材魁梧,面色红润,中指上戴着一只很显眼的钻石戒指,埃弗特推想,他多半是个旅行推销员。他有一种见过世面,随遇而安的人的神气,看来,不管身处何地,都能保持镇静自若。

　　这是一个炎热的下午,"飞行快车"——铁路员工们都这样嘲谑地称呼这列火车——在霍尔登尼尔和夏延之间单调的乡间颠簸奔驶。车厢里除了那个金发碧眼的汉子和他本人之外,只有两个满身灰尘、邋里邋遢的姑娘,她们刚去芝加哥参观博览会来着,这会儿正在起劲地谈论她们这次第一趟出科罗拉多州旅行的花销。这四位坐得不舒服的乘客,身上都积了一层薄薄的黄色灰尘,头发和眉毛上好像粘了金粉。他们所经过的那个单调荒凉的田野上,灰尘一团团地刮起来,到最后,直刮得他们跟山艾灌丛和沙丘变成了同一颜色。这片灰色的、黄色的荒漠,只有几个偶存的无人居住的市镇废墟,以及车站上的红色信号亭,才给它带来了一些变化,车站的草坪里的一些又细又长的树木和纤弱的蔓草,成了与茫茫沙海相隔开的几块小小的绿色保留地。

　　照在车窗上的斜阳越来越炎烈了,那位金发碧眼的先生请求两位妇女允许他脱去外衣后,已只穿一件淡紫色的条子

---

　　① 题目借用英国诗人罗伯特·勃朗宁(1812—1889)一首诗的诗名。

衬衣，他的领上系着一条黑绸手帕。他们在霍尔德里奇一上车，他似乎就对埃弗特发生了兴趣。老是好奇地对他瞅上一眼，然后沉思地望着窗外，仿佛正在竭力回忆什么。不过，埃弗特反正不管上哪儿，几乎总会有人这样好奇地望着他的，因此，这已并不使他感到窘困或者烦恼。不一会，那位陌生人似乎对他的观察已感到满意了，他把身子往椅子上一靠，半闭着眼睛，开始轻轻地吹着口哨，吹起了《地狱女王》中的那首春歌；十二年前，这首戏剧歌曲使它的年轻作曲家一夜之间出了名。埃弗特在老墨西哥听吉他演奏过这个曲子，听学院的无伴奏的重唱乐的大型瓢琴演奏过这个曲子，听新英格兰的小村子里的乡下风琴演奏过这个曲子，而且，两个星期之前，还在丹佛的一个杂耍戏院里听见雪橇铃演奏过这个曲子。要想摆脱开它——哥哥早年的成就，实际上是不可能的。艾德里安西可以住在大西洋彼岸，在那里，他的圆满成就，已使人们忘记了他年轻时的轻率疏浅，但是他的弟弟却始终未能超出《地狱女王》的界限——这里，在科罗拉多的沙丘上，他可又碰到它啦。这倒并不是埃弗特为《地狱女王》而感到羞耻；它是只有天才才写得出来的一首曲子，但是它又是一个天才随即就会超过它的那种曲子。

埃弗特稍微自在一点了，向他过道那边的邻座微笑了一下。那个大个子立刻站起身走过来，一屁股坐在希尔加德对面的位子上，递上了他的名片。

"乘车尽是灰尘，是吧？我倒是不在乎的，我已经习惯了。像棘丛地里的野兔一样，是在棘丛地里生，棘丛地里长大的。好一阵子，我一直想认出你来；我想，我以前准见过你。"

"谢谢，"埃弗特接过名片说，"我叫希尔加德。你可能是遇见过我哥哥艾德里安西吧；人们老是把我错当作他。"

那位旅客把他的手那么使劲地往膝盖上一拍，震得那只钻石戒指一闪一闪的。

"我到底没搞错，你不是艾德里安西·希尔加德，也是个跟他长得一模一样的人。我想我是不会搞错的嘛。见到他了？唉，我猜想！他在大会堂里独奏演出，我是每场必到的。他曾经在芝加哥新闻俱乐部里给我们奏了《地狱女王》的全套钢琴配乐。我在为公司出版部搞推销以前，过去惯常是搞无线电商业广告的。这样说，你是希尔加德的兄弟啰，我却在这僻远的地方碰上了你。说来不像个新闻故事吗？"

那位旅客笑了，敬了埃弗特一支雪茄，向他提出了一连串问题，说的尽是人们老是想跟他说的那个话题。最后，这位推销员跟那两个姑娘都在科罗拉多地区的一个站头下车了，上夏延去就只埃弗特一个人了。

火车九时开进夏延，晚点了大约四个钟头。可除了车站管理员嘟哝地抱怨误点弄得他不得不在办公室熬夜之外，似乎谁也没把这当回事儿。埃弗特下了车，走上站台，在轨道口停住了，不知道上旅馆去该往哪一边走才好。靠轨道口停着一辆四轮马车，执缰的是个女人。她穿了一身白衣服，在车垫的衬托下，身子的轮廓显得清清楚楚，虽然天色太暗，看不见她的脸。埃弗特刚刚注意到她，这时，转辙机车已从对面噗噗喷着气开过来了，前灯上射来的一道强光照到了他的脸上。马车里的女人低喊一声，马缰落掉了。埃弗特吃了一惊，上去一把抓住了马头，可那头牲口却只竖竖耳朵，又惊奇又不耐烦地摇摇尾巴。那女人一动不动地坐在那儿，缩着个脑袋瓜，她的围巾又裹住了她的脸。另外一个从车站上走出来的女人，急忙向马车赶来，喊着："凯瑟琳，亲爱的，怎么啦？"

埃弗特窘困不堪，犹豫了一会儿，然后抬一抬帽子，走了。

他已经习以为常了——在最难堪的场合,突然被人认出来,特别是被女人认出来。

第二天早晨,他正在吃早饭,旅馆侍者扶着他的椅子轻轻告诉他,有位绅士在会客室里等着要见他。埃弗特喝完咖啡,朝着他指的那边走来,看见他的客人正在那儿焦急地来去踱步。他显得一副焦虑不安的样子,虽然就他的体格看来,他并不是一个喜怒形之于色的人。他个头中等以下,肩膀宽阔,身架结实。他那浓密的修剪得很整齐的头发,已开始在耳边露出灰白。青铜色的面庞,轮廓分明。他一双结实的褐色的手抱在背后,像一个意识到自己所负的责任的人那样,挺着一副肩膀。可是,当他转过身来招呼埃弗特时,谈吐之间,却又显出那样一种很不协调的怯生生的神情。

"早上好,希尔加德先生,"他说,伸出他的手,"我是在旅馆登记簿上查到你的名字的,我叫盖洛德。我妹妹昨天晚上使您受惊了吧,我是来向你解释一下的。"

"噢!那个坐在四轮马车上的年轻女士吗?我真不知道是不是在什么地方惊动了她。要是我把她吓了,那道歉的应该是我啊。"

这人深褐色的脸膛微微发红了。

"哦,你是身不由己的,先生,这我完全清楚。你知道,我妹妹一直是你哥哥的一个学生,而看来你的容貌又很像他;所以那辆转辙机车的灯光一照到你的脸上,她就吃了一惊。"

埃弗特转过坐椅来。"哦!凯瑟琳·盖洛德,这可能吗?唉,我还是一个孩子的时候就认识她了,她到底——"

"在这里干什么?"盖洛德恶狠狠地接腔道,"你讲到事情的点子上去了。你知道吗,我妹妹一直闹病,病了好久了。"

"不,我只知道她上次在伦敦唱歌。我跟我哥哥不常通信，而且很少谈到家庭以外的事。我听到这消息很难过。"

查理·盖洛德眉宇间的皱纹稍微松开了。

"我想说的是，希尔加德先生，她要见见你。她一定要见你。我们住的地方离这市镇有几英里，不过我的马车就在下面，你什么时候能去，我就什么时候带你去。"

"那就马上去。我去取我的帽子，一下就来。"

当埃弗特来到楼下时，看到门口停着一辆双轮轻便马车，查理·盖洛德拾掇起马缰，这才放心地舒了一口气，恢复了他的原态。

"我想，你见到我妹妹之前，我最好跟你讲讲有关她的事情，可我不知道打哪儿讲起好。她曾跟你哥哥和嫂嫂一起在欧洲旅行，还老在他的音乐会上唱歌。但我不清楚你对她的事情了解的程度如何。"

"很少，只知道我哥哥始终把她看作他的最有才华的学生。当我认识她的时候，她又年轻，又美丽，简直叫我着迷了一阵子。"

埃弗特看出，盖洛德忧心忡忡。"问题就在这里呵。"他一边说，一边不住地用鞭子随意抽着那两匹马。

"她是一个很了不起的女人，正如你所说的，她并非出身名门贵族。她一上来就不得不为自找出路而奋斗。她到了芝加哥，后来到了纽约，到了欧洲，是见过世面的。可这会儿她在这儿却快要死啦，像只洞里的老鼠一样，离开了她自己的世界，而她又不能回到我们的世界。我们疏远了——分隔得远远的——我想她是非常不幸的。"

"你告诉我的是一个很悲惨的故事，盖洛德。"埃弗特说。他们现在已经来到乡下，正飞驰在灰尘飞扬的、长满红牧草的旷野上，在他们前面，出现了一些山脉的参差不齐的蓝色轮廓。

"悲惨的!"盖洛德喊着,从他的座位上跳了起来,"我的上帝,谁也不知道有多悲惨,这个悲剧伴着我活,伴着我吃,伴着我睡,直到把我逼疯为止。你知道,她赚了好多钱,但她把钱全花在疗养地上。都因为她的肺。我搞到了钱,哪儿都能把她送去医治,可医生们都说没用了。她已没有一点儿希望。现在她只是在熬着日子罢了。她上我这儿来之前,我没想到她的身体竟是这么差。她只是来信说她身体越来越不行了。现在她留在这里,我想,只要在太阳底下,她上哪儿去也比这儿更好啊,可她不愿意去。她说,在这里打发掉生命更容易些。从前,当我在艾奥瓦的比尔德城外的一条小河上当司闸员时,她是一个我可以背在肩上的小东西。那时,她要世界上什么东西,我都可以为她去买来,我一个月赚八十块钱,她要什么,我就能满足她什么;可现在,我稍微积了点资产了,却不能为她买来一夜的睡眠!"

埃弗特看出来,不管查理·盖洛德现在在世界上的身份地位如何,他却依然保存着当年当司闸员的那份感情。

当他们驰到一幢油漆华丽,有许多山墙和一座圆塔楼的房子跟前时,盖洛德手里的缰绳放松了。"我们到啦。"他转向埃弗特说,"我想,我们已彼此很了解。"

一个面色苍白的瘦女人在门口迎接他们,盖洛德介绍:"这是我的姐姐,玛吉。"她要她弟弟带希尔加德先生到音乐室去,凯瑟琳就来。

当埃弗特走进音乐室时,他微微吃了一惊,觉得好像是从亮光光的怀俄明的阳光下,进入了一间他素来熟悉的纽约的画室。他疑惑地朝室外灰色的平原望望,平原的那端是高耸的落基山脉。

这种稔熟的、忘不了的气氛把他搞糊涂了。突然，他看到了钢琴上面一幅他哥哥的大照片。于是，一切都一清二楚了：这活像是他哥哥的房间啊。若说这不是艾德里安西设置在世界各地的许多工作室的一个惟妙惟肖的翻版——这些工作室，修缮者往往在油漆未干时，就对它们生厌了，丢弃不要了——那也至少是一个同一种风格的房间。每种东西都明显的是艾德里安西的情趣，这个房间似乎散发着他的音容笑貌。

墙上几张照片中间，有一幅凯瑟琳·盖洛德的照片，那是埃弗特认识她的那些日子里照的，当时，她的眼眸一闪，或者裙子一摆，就完全可以搞得他那少年的心头紊乱如麻。即使现在，他站在这些照片面前，还有点儿不知所措哩。这是一个红颜已逝的女人的一张脸，稍微严峻了点，这就是他哥哥所说的她的斗志吧，她那双坦率、自信的眼睛所显露的友情，由于嘴边深刻的皱纹和那既似悲哀又像讥刺的弯嘴唇而打了折扣。毫无疑问，她对待世界是友好多于信任。这位女人的主要魅力，埃弗特知道，全在于她那优美的身材和一双眼睛，眼睛具有一种像阳光一般的温暖和予人活力的特质，是一双对世界充满着永恒的"问候"的眼睛。

埃弗特还背着双手，低头站在那张相片前面，这时，他听到门开了。一个颀长的女人伸着一只手向他走了过来。当她开始说话时，她轻轻咳了一下，然后，她笑着，用一种低沉，爽朗，有点儿沙哑的声音说："你瞧，我是传统的卡密莱①式登场。你来了，多好哇，希尔加德先生。"

埃弗特敏锐地觉察到，她跟他说话时，压根儿没有朝他看，而且，当他向她保证说，他很乐意上这儿来，她也没有看

① 卡密莱即《茶花女》中的玛格丽特。

他，这倒使他很高兴有一个机会使自己静静心。他没有料想到长期患病后的这种损害。她那白袍子的松松弛弛的皱褶是专门设计了用来遮掩她瘦削身躯的外形的，但还是留下了她的疾病的痕迹：单纯，丑陋，冒失，这是一种无法掩饰和躲避的无情的事实。漂亮的肩膀已经下塌，步态摇摆不稳，两条胳膊似乎不相称的长，一双手白得透明，接触之间，冰冷冰冷。她的面孔的变化倒比较不太明显，那一副傲态的脑袋，那热情而明亮的双眸，甚至她腮帮上的娇嫩的晕红，却挑战似的依然保持着原来的样子，虽然它们已都降低了调门——比以前老了，阴郁了，柔弱了。

她在长沙发上坐下来，开始神经质地摆弄着垫枕。"当然，我病了，而且一副生病的样子，对这一点，你可必须直言不讳，切实理解，并且很快地习惯于它才行，因为我们没有多余的时间了。要是我有点神经过敏的话，你不会介意吧？——我现在比平时更神经质了。"

"要是你累了，今天上午就别为我费神了。"埃弗特劝说道，"我明天来也是一样的。"

"啊，不，"她立即性急而尖刻地反对了，这使他想起来，她就是这样的性格，"真寂寞啊，我厌倦死了——寂寞，加上还有些格格不入的人。你瞧，牧师今天早晨来看我了。他碰巧骑车路过这儿，觉得有义务停一下。最可笑的是，他跟我讲话时，总是对我从事的职业向我表示宽恕。我们多浪费时间哪！跟我谈谈纽约的事吧。查理说，你是刚从那儿来的，现在那儿看起来怎样？感觉怎样？味道怎样？我觉得泽西渡船上的一阵香气，对我来说就抵得上几大瓶鱼肝油。麦迪逊广场上的树仍然绿油油的吧，还是变得褐沉沉，灰蒙蒙了？那个贞洁的狄安娜①经历了这么多的风吹日晒, 还坚守她的誓言吗? 你哥哥原来的那个工作室现在归谁了? 那些被引入迷途的候补音乐家在卡内基大厅旁边的贫民窟里练奏什么来着? 现在, 大家到戏院里去看的是什么, 吃的是什么, 喝的是什么? 噢, 让我死在哈莱姆吧! "她的话被一阵剧烈的咳嗽打断了, 埃弗特为她的痛苦感到很不安, 就一个劲地扯谈起来, 他谈了夏天在城里遇到的同行, 谈了冬天的音乐活动情况。他用铅笔画了个首都生产莱因金②用的新的机械图样, 渐渐地, 他觉察到了, 她在呆愣愣地望着他, 他只是在对着四壁讲话。凯瑟琳仰躺在垫枕中间, 眯着眼睛看着他, 好像一个画家在观看一张画。他含含糊糊地解释完了, 把铅笔放回了口袋。他放铅笔时, 她平静地说:

"你多像艾德里安西啊! "

他笑了, 望着她, 眼睛里闪烁着骄傲, 显得一副孩子气: "是啊, 不可笑吗? 几乎跟看去像拿破仑一样地叫人尴尬——不过毕竟也有些好处。这使得他的一些朋友喜欢我, 我希望你也一样。"

凯瑟琳从眼睫下向他投去迅速、意味深长的一瞥: "噢, 很早以前就是这样的了。那时, 你是一个多么高傲、冷漠的青年啊, 你常盯着人家看, 然后脸红了, 看上去像是生了气。还记得那天晚上排练后, 你送我回家吗? 当时你对我一句话也不说。"

"那是敬慕的沉默。"埃弗特申辩道, "是挺生硬, 又孩子气, 但无疑很真诚。可能你有点儿感觉到了吧? "

"我相信我感觉到这是假做作, 是男孩们常常用来打动歌手的一种方法。不过, 我对你倒是觉得很惊奇, 因为你是见

---

① 罗马神话中的女神。
② 原为德国尼白根家的珍藏。

过你哥哥的许多学生的人。"

埃弗特摇摇头："我看到我哥哥的学生来来去去的。有时我被叫去伴奏，有时在一出戏中补个空缺，或者去给一个气呼呼不干了的女高音叫马车。但他们除了注意到你所说的那种我和我哥哥的相像之外，从不在我身上花费时间。"

"是的，"凯瑟琳沉思地说，"这我当时也注意到了；可你越长越像了。也真奇怪，你们过的是那样不同的生活。你知道，这不仅仅是通常的一家人的容貌相像，而是在你的脸上显出了另一个人的个性——就像一个曲子转了音调一样，不过我不想来加以肯定；我没这个本事。总而言之，是很奇怪的，而且，嗯——有点儿不可思议。"她说完后笑了。

埃弗特坐在那儿，从稍稍拉起的红窗帘上朝外望着。窗帘在风中来回摇摆，展现着闪闪发光的荒漠景色——一片令人眩目的黄沙，像风平浪静的海一样坦平，东一块西一块布满了深紫色的阴暗；再过去，就是起伏不平的青山的轮廓和白似云朵的雪峰了。"我记得，当我还是一个孩子时，我对这点很敏感。我并不觉得它怎么使我感到不快，或者我应该换个样子才好。它好像一粒痣，或者一样难以摆开的东西。它甚至渗透到了我和妈妈的关系中。艾德里安西年纪轻轻就出国学习去了，妈妈为此伤透了心。她对我们每个人都尽了她的义务，但我们大家全都明白，她是哪天都愿意把我们当作为她祈祷的燔祭的。那时我还是一个小孩子，夏天的晚上，当妈妈独自坐在走廊上时，她有时会把我唤到她身边去，在百叶窗上射出的亮光里，扳过我的脸来，吻我，这时，我就知道她是在想着艾德里安西。"

"可怜的小东西，"凯瑟琳用沙哑的嗓子说，"大家总是那么喜欢艾德里安西！告诉我他的一些最近的消息吧。我除了从报上看到的一点之外，有一年没有听人们谈起他了，也许一年都不止了。他那时在阿尔及尔，在谢尔夫盆地，正骑在马背上，他已下定决心入伊斯兰教，要成为一个阿拉伯人。我不知道，他到底入了多少国籍，入了多少教啦？""噢，艾德里安西就是这样。"埃弗特咯咯笑了，"他只在一个地方待很短一段时间，签几张支票和为自己做衣服量量尺寸罢了。他当阿拉伯人时，我没收到过他的信，我当时不知道他在哪里。"

"那时他在作一支供钢琴弹奏的阿尔及利亚舞曲；这支舞曲现在一定已交给出版商了。我病得厉害，没给他回信，和他失去了联系。"

埃弗特从口袋里取出一个信封："这封信是一个月前来的。你有空看一下吧。"

"谢谢。我要把它当抵押品一样扣留起来。现在，我要请你为我弹一曲。你爱弹什么都行，不过，要是有什么新的曲子让我听听，那就多谢了。"

他在钢琴边坐了下来，凯瑟琳坐在他身旁，完全被他与他哥哥异常相似的体态吸引住了，并且一心想找出那完全一模一样的地方来。他比艾德里安西长得魁梧，也结实得多。他的脸也是椭圆形的，但要苍白些，由于经常刮胡子，嘴边落有一圈青灰色。他的眼神也同样变幻不定，像四月的景色，但又沉思默想，相当阴郁；艾德里安西的眼睛却总是闪闪发亮，而且每天都包含着不同的意义。不知为什么，这个真挚的人总是使人想起那张富有诗意的年轻的脸，他这张脸是严肃的，那张却是快活的。艾德里安西虽然要大十岁，头发已经显出缕缕银丝，但他生就一张二十岁的孩子脸，是那样富于表情，以致话还没说出口，脸上已流露出来了。有个女低音歌手，是个滥用她的嗓子和感情的出名人物，有一次就说过：那些在《坦佩的溪谷》

141

里唱歌的放羊娃们，看去活像年轻的希尔加德。

那天晚上，埃弗特坐在跨洋旅馆的长廊上抽着烟，沉浸在伤心的往事的回忆中。他对凯瑟琳·盖洛德的迷恋，虽然只存在于幻想中，却是他最郑重其事的少年的恋爱。事情就一切都这样完了，消失了，远远地落在他身后了，而从那以后，这个女人美好的年华也过去了，这给了他一种岁月消逝和若有所失的压抑感。

他记得，他待在他哥哥的工作室里，凯瑟琳在那儿工作时，他是怎样地越来越感到痛苦难耐，那天晚上，他在他哥哥纽约的最后一个音乐会上，是怎样地伤了艾德里安西的心。他当时坐在包厢里——他哥哥和凯瑟琳一次又一次地被请回到舞台上来，鲜花越过脚灯向舞台掷去，直堆得有钢琴一半那么高了——他那阴郁的孩子的心里，很理解他们的骄傲，他们俩在相互配合的演出中所感到的骄傲——那激励他们克尽努力，在歌唱中绝妙地竞争的骄傲。那一个个脚灯，好像是划在他们的生活和他的生活之间的一条刺目的、闪闪发亮的线条。他独自一个回到旅馆，坐在窗前，望着窗外的麦迪逊广场，一直坐到后半夜，下定决心再也不去敲他进不去的门了。

埃弗特在夏延呆了三个星期，他觉得除非去做他所害怕的事情，他没有解除痛苦的希望。明亮的、多风的怀俄明秋日飞快地过去了。信和电报催促着他赶快到海岸去，但他果断地推迟了他的公务。他不是把时间花在查理·盖洛德的一匹小马身上，就是到山里去钓鱼。下午，他一般在他的职务岗位上。他思考过了，看来命运对于我们适合去充当的角色是有明确的意向的。场景变了，酬报也各异，但到头来，我们往往发现我们自始至终是在干着同一种事情。

埃弗特一生都是得过且过地过来的。他记得当他还是一个孩子时,他去钻一个镜子迷宫,试了一条又一条走廊,结果,老是拿自己的鼻子去撞自己的脸——实在地说,那不是他自己的,而是他哥哥的脸。不管他的使命是什么,往东或往西,坐车或航海,他总是发现自己被雇用在他哥哥的事业中,像是一条支流,都是为了加宽艾德里安西·希尔加德那道闪烁的河流出力罢了,他克尽努力去修复那些被他哥哥的飞快的成功所抛弃和遗忘的破碎东西,这并不是第一次。

他不想分析形势,或者具体地谈论它。但他却把帮助这女人去死,当作从他哥哥那儿接受来的一项任务。日复一日,他觉得她对他的需要已变得越来越强烈,越来越明确了。

日复一日,他在他对她的特殊关系中感觉到,他自己个人是在扮演着一个次要的角色。他照应她,安慰她的力量仅仅在于他和他哥哥的生命有所联系。他知道,她坐在他身旁时,总是想看到一些姿态,一些熟悉的表情,一些光和影的幻觉,这样他就可以看起来完全像艾德里安西了。他知道,她是靠着这点活下去,在随着她的乱纷纷的死亡之感而来的精疲力竭中,她深沉而又甜蜜地睡着了,她梦到了在古老的佛罗伦萨的一个花园里的日子,梦见了青春和艺术,而不是痛苦和死亡。

他第一次遇到凯瑟琳后几天,就打了个电报给他哥哥,要他给她写信。他只说她病得快要死了,他可以仰赖艾德里安西来说该说的事——这是他的天禀的一部分。艾德里安西不仅总是说该说的事,而且还会说些合宜的、优雅的、巧妙的事。他捕捉住了当时适于演奏的要素和各种场合下的适于演奏的气氛。更主要的是,他常做该做的事——除非他在做残酷的事情的时候——只要人们的生存和他有关时,他总是会尽力使他们幸福,正如他所坚持的那样,他的生活环境应该是美好的。

摇钱树

美国文学经典

143

他把他高贵的天性的所有的热情和光辉, 诗人和抒情诗人的一切忠诚, 都毫不吝惜地给予了他周围的人, 一旦他们不再在他身旁了, 他也就忘掉了——这也是艾德里安西的天禀的一部分。

发出电报后三个星期, 埃弗特又像平时一样去拜访那幢油漆华丽的农场主住宅, 他看到凯瑟琳像个女孩子一样地直笑着。"你想过了吗? "他走进音乐室时, 她说, "我们这些'会议'多像海涅的《佛罗伦萨之夜》啊, 只差我没有给你一个独占谈话的机会。"当她迎接他时, 她握着他的手的时间比平常要长些。"你是活在这世界上的最善良的人, 最善良的人。"她又和蔼地加了一句。

埃弗特把手抽回来时, 苍白的脸上微微泛起了红晕, 因为他感到, 这次她是在看着他, 而不是看着他哥哥的漫画像。

她从一本书的书页中抽出一封印着外国邮戳的信, 笑着递了过来: "是你叫他写的。别否认了, 你看, 这封信是直接寄这儿的, 而我给他的最后的地址是在佛罗里达①的一个地方。就是等我到了天堂里时, 我也会好好地记着你这一功绩的。可有一件事, 你没有要他做, 因为你不知道这件事。他把他最近的作品寄给我了, 新奏鸣曲, 你要马上为我演奏。不过还是先看看这封信吧; 我想, 最好是你大声地把它读给我听。"

凯瑟琳斜靠在沿窗沙发上, 背后垫了几个垫枕。埃弗特在沿窗沙发对面的一张矮椅子上坐了下来。他打开了信。他的睫毛半掩住了他的善良的眼睛, 他很满意地看到, 这是一封很长的信, 字句极为得体, 又很亲切, 虽然, 在艾德里安西来说, 他对他的仆人、小马夫、划船老工人以及那些为他向圣人祈祷的

---

① 美国一州名。

讨饭婆子,也都是很温和体贴的。

这封信寄自格拉纳达,是他在阿尔汉布拉时坐在巴蒂·第·林代拉赫的喷泉边写的。跟很久以前在佛罗伦萨的某个老花园里一样,空气中弥漫着南方的温暖的芳香,响彻着飞溅的流水声。天空宛如一块巨大的绿松石,热得闪闪发亮。那些奇妙的摩尔式拱门,在他身旁投下了柔和的黑影。他在他的笔记本的页边空白上草草地画下了它们的略图。这封信充满了对他的工作的信心,和对他们当年的学习与友谊的微妙的暗示。

埃弗特把信折起来时,觉得艾德里安西把求之于他的事全都猜测到了,并以他自己的巧妙的方法应答了它。这封自始至终都以自我为中心的信,在他看来,甚至是出于一种小小的恩赐,不过,这却正是她所想要的。他深深体会到了他哥哥的魅力、强度和威力。他仿佛感觉到了艾德里安西所穿过的火焰的旋风,那火焰烧光了他路上的一切东西,而比起他毁灭别人来,他更加决心毁灭他自己。然后,他望了望那躺在他前面的这根白色的、烧尽的燃木。

"这不像他吗?"她轻轻地说,"我想我无法给他回信了;下次你看到他时,你可代我说说。我要你代我告诉他许多事情,总的来说是这样几句话:我希望他能变得尽善尽美,哪怕是要付出对你和我来说是他的一半的魅力为代价,你明白了吗?"

"我完全懂得你的意思,"埃弗特沉思地说,"不过要劝导那些人是不容易的,说不说都一样。"

凯瑟琳支着胳膊肘抬起身来,强烈的激情使她满脸绯红了:"啊,我认为他这是在浪费自己的生命,他是在为愚蠢而不理解的人作贱自己,直搞得人们按照他们的估价来看待他了。"

"得了，得了，"埃弗特劝告道，她的激动使他惊惶了，"新的鸣奏曲在哪儿？让他来为他自己说话吧。"

他在钢琴边坐下来，开始弹奏第一章，那可的确是艾德里安西的声音啊，他的特有的谈话方式。在那时，奏鸣曲是他所写的最有雄心的作品，标志着他的早期的抒情气质发展为一种更深沉、更宏伟的风格的转折点。埃弗特不但弹得恰到好处。而且是怀着一种讨人喜欢的人——他们没有任何别的成就——所特有的表示同情的理解来弹的。弹完后，他转向凯瑟琳。

"他变得多成熟了啊！"她喊叫起来了，"这三年工夫，他进步得多快啊！过去他只写些情感的悲剧，而这却是努力和失败的悲剧，济慈①称之为地狱。这是我的悲剧，我躺在这儿，听着在我身边跑过的脚步声——啊，上帝！奔跑者飞快的脚步声！"

她转过脸去了，用双手捂住了脸。埃弗特向她走去，在她身旁跪了下来。在这些他所了解她的日子里，她除了偶你说上一句讥讽的笑话之外，从来没有谈起过她自己的失败的苦楚。她的勇气在他看来是很值得骄傲的。

"不要这样，"他气喘吁吁地说，"我受不了，我真的受不了，我觉得这太过分了。"

当她又向他转过来时，脸上露出了一丝以前那种刚毅而又带有讥讽的微笑。这比她没能流出来的眼泪还要凄苦。"不，我不哭，我等到晚上没有更好的伙伴时再来哭。现在你再从头弹一遍那个主旋律好吗？许多年以前，我们在威尼斯时，这个

---

① 英国诗人。

主旋律就出现在他的脑海里了，他在吃饭时，就常常在杯子上敲它。他正要把它谱写出来，秋天快完了，他决定到佛罗伦萨去过冬。在他害病期间，我想，他放开了这个念头了吧。你还记得那些可怕的日子吧？所有爱他的人都没有办法使他自行解脱出来！我得到从佛罗伦萨捎来的口信，说他病了，我当时正在蒙特卡洛唱歌，他的妻子急忙从巴黎赶了来，但第一个到他那里的是我。我是近黄昏的时候到的，刮着猛烈的暴风雨。他们在那里租了一个旧王宫过冬，我看到他在图书馆里——一间又长又暗的屋子，里面摆满了旧的拉丁书、笨重的家具和铜器。他正坐在屋子一端的一个火盆旁，呵，看去是那样疲倦，苍白！——你知道，他一生病就是那样。啊，你真的知道，这太好了。甚至他的红色的吸烟服也没有使他的脸显得红润点。他开口第一句话，不是告诉我他的病情，而是说那天早晨终于把最后几笔补进了他的《秋天的回忆》乐谱里去了，他就是像我最爱记住的那副样子，平静而又幸福，但由于干了一项繁重的工作，已被弄得精疲力竭。外面下着倾盆大雨，风在园子里那个凄凉的老王宫的墙垣间咆哮、呜咽。那个夜晚就在我眼前：屋里没有灯，只有个火盆。火光照在黑墙上和地板上，像炼狱的火焰反射过来似的。我们的身子后面就几乎一点也照不到了。艾德里安西坐在那儿，凝望着火盆，眼睛里流露出他一生的疲惫，和所有热望并甘愿过像他这样生活的人的疲惫。不知怎么的，风带着所有的人世痛苦来到了这个房间；冷雨就在我们的眼睛里，波涛一下向我们俩涌来了——可怕的迷糊，巨大的痛苦，对生存与死亡，上帝与希望的打寒战的恐惧——我们像船只失事后两个在大海上一起抱着一根桅杆的人一样。这时，一阵大风吹过，把墙刮得摇摇晃晃，我们听到前门打开了，仆人们提着手灯跑来，通报太太回来了。'书上余所见，安足抵斯晚。'"

她带有一种凄苦的幽默念了这句古诗，用她一向那种勉强的、欢乐的一笑，像一件亮闪闪的外衣，遮裹住了她的衰弱。这种多年来一直保持着的讥刺的微笑，已渐渐改变了她脸上的条纹，当她照镜自览时，她看到的不是她自己，而是一个对自己的尖刻的批评家、逗乐的观察者和嘲讽者。

埃弗特一只手托着头。"你多忧愁啊！"他说。

"啊，是的，我是忧愁，"她回答说，合上了眼睛，"你想象不到，让你知道我是多么忧愁，这是一件多么使我感到愉快的事，能把这事告诉人家，这对我来说是多大的宽慰。"

埃弗特仍然无可奈何地望着地板。"我不知道你到底要让我知道多少。"他说。

"噢，我原以为你打我第一次望着你的脸的时候就知道了，就是那天和查理一起来的那天。你看起来真像他啊，简直就像他亲自在谈论他似的。至少，我现在感觉到，他总有一天会知道的，到那时，我完全无需他怜悯了。"

"难道他从来就一点都不知道？"他用含糊不清的声音问道。

"啊！不是像你所说的那样不知道。当然，他已经习惯于看着女人的眼睛，在眼睛里面找到爱情了。当他找不到爱情时，他就想，那准是由于他什么地方失礼的缘故。他哪个女人都喜欢，只要不是很愚蠢或者很忧郁的，不是年老或者长得奇丑的。我和别的人一起分享，分享那微笑、殷勤和滑稽可笑的小小的训斥。那可说像是一次安息日圣经学校里的野餐，我们穿上了最好的衣裳，带着笑容，一个个挨次轮流领受。他的仁慈才是最令人难以忍受呐。"

"别说了，你要弄得我恨他了。"埃弗特哼着说。

凯瑟琳笑了，开始神经质地摆弄她的扇子："这一点可算不上是他的缺点，最叫人奇怪的正是这一点。呃，在我遇到他之前，早就开始这样了。我千方百计地接近他。这是我自作自受。"

埃弗特犹犹豫豫地站起身来："我想我该走了，你应该安静，我现在再也不能听你说下去了。"

她伸出手去，开玩笑地抓住了他的手："你在这样一件事情上花费了三个星期，对吧？唉，现在该是和一种人生结账的时候了，这是一种很糟糕的人生，是你决不会经历的人生。"

他在她身旁跪了下来，结结巴巴地说："我留在这儿，是因为我想同你在一起，就是这样。打从我还是一个孩子时在纽约认识你后，我从来就没有注意过别的女人。你是我命运的一部分，我就是想离开你也离不开你啊。"

她双手按着他的肩膀，摇摇头："不，不，不要告诉我这些。我已看够了悲剧。这不过是一个孩子的奇思怪想，都是你的崇高的同情和我的十足的引人怜悯，才会一时之间又出现了这种念头。没有人会爱一个行将死亡的人的，亲爱的朋友。现在你走吧，你可以明天再来，只要还有明天的话。"她微笑着握了握他的手，那笑容既是鼓励又是失望，充满了无限的诚心和亲善，她温柔地说：

"再见了，卡修斯，永远，永远；

如若再相见，我们俱开颜；

如不再相见，此别亦足欢。"

他出门去时，她眼睛里向他流露出了一道清亮的星火，显得那样刚毅。

艾德里安西·希尔加德的音乐会在巴黎开幕的那天晚上，埃弗特正坐在那怀俄明农场主住宅里的床边，目睹着我们的肉体已经精疲力竭和行将永远摆脱它之前的那场最后的搏斗。好多次，看来她的平静的灵魂无疑已经离去，找到了一个躲避暴风雨的地方，已只剩下那顽强的动物的生命力在与死亡挣扎。她受着一种既可怜又宽让的幻觉的折磨，觉得她正在普尔曼，在去纽约的路上，回到她的生活和工作中去。当她从昏迷中清醒过来时，她只是要嘱咐挑夫一声：出泽西城后一小时要唤醒她，或者抱怨耽误了时间，路面崎岖不平。半夜时，埃弗特和护士单独留下来陪伴她。可怜的查理·盖洛德躺在门外的一张长椅上。埃弗特坐在那儿，望着毕剥爆响的蜡烛，直望得眼睛都发疼了。他垂下了头，进入了苦恼的醋甜梦乡。他梦见艾德里安西在巴黎的音乐会上，梦见了作为抒情诗人的艾德里安西。他听到了掌声，看到了花朵，花朵高过了脚灯，一直堆到齐钢琴一半高，花瓣落下来了，撒在地上了，在地板上落下了深红色的斑斑点点。在这道深红色的路上，传来了艾德里安西的年轻的步履声，他手牵着他的歌手走来了，这次是一个肤色黝黑的女人，长着一双西班牙人的眼睛。

护士拍拍他的肩膀，他惊醒过来了。她用手遮住了灯光。埃弗特看到凯瑟琳已醒过来，神志很清楚，还略微挣扎了一下。他用胳膊把她轻轻托起来，开始给她打扇。她带着那样一种眼神望着他的脸，好像她从来就没有流过眼泪或有过怀疑。

"啊，亲爱的艾德里安西，亲爱的，亲爱的！"她喃喃地说。

埃弗特去叫她的哥哥了，可是，当他们俩回来时，凯瑟琳的生命已经结束。

两天后，埃弗特在车站旁踱来踱去，等待着西行的列车。查理·盖洛德走在他身旁，但两个人都无话可说。埃弗特的行李堆在运货车上，他的脚步急促，满脸是一副不耐烦的神情。一遍又一遍地望着轨道，等待着火车的到来。盖洛德也并不比他耐心。这两人本来已经变得那样亲密无间，现在却变得很痛苦，互相不能容忍，一心等待着那离别的悲痛。

火车进站了，埃弗特拉着盖洛德的手穿过下车的人群。一伙上海岸边去的德国歌剧团的人匆匆忙忙地挤过他们身旁，趁停车的时候去吃顿早饭。埃弗特听到一声尖叫，一个胖女人向他奔了过来，她惊喜得容光焕发，用戴着手套的双手一把抓住了他的大衣袖子。

"天哪，艾德里安西，亲爱的朋友！"她喊道。

埃弗特抬了抬帽子，脸上一阵发红。"对不起，太太，你把我错认作艾德里安西·希尔加德啦，我是他的弟弟。"说着，他转身离开了那个垂头丧气的歌手，赶忙钻进了汽车。

（定　九译）

来了啊，阿芙罗狄蒂①！

一

　　唐·赫杰在华盛顿广场南面一所老宅子的顶层上已经住了四年，始终没有人去打扰过他。他占用一间大房，除了朝北的那一面外，没有一扇窗户，瞧不见外边。在朝北那面，他开了一扇嵌有许多块玻璃的工作室大窗子，向下望到一片院子，以及其他建筑物的屋顶和围墙。他这间屋子光线阴暗，因为他从来没有直接见到过一线阳光，朝南那面的角落里终年都是阴暗的。在一个房角里有一个衣橱，是靠着隔板墙造起的；在另一个房角里，放着一只宽大的长沙发，白天用作座位，晚上充作床。在前面的一个房角里，就是离窗子较远的那一角里，有一个洗涤槽，还有一张桌子和两只煤气炉，他有时就在那儿自己烧点吃食。那儿，在那个长年昏暗的角落，还有一个狗窝，往往会有一两根骨头扔在那儿以安慰狗。

　　狗是一条波士顿牛头狼狗②。赫杰解释说，由于它给饲养到烦躁不安的地步，所以性情粗暴。狗的名字叫西泽三世，在一些专门的狗展览会上曾经得过奖。每逢和主人一块儿出去在大学广场上溜达或者沿着西街散步时，西泽三世总是精神饱

---

　　① 本篇最初在杂志上发表时，题为《来了啊，伊登·鲍尔！》，后来收入短篇小说集《青年人与聪明的美杜莎》时，改用这一篇名。阿芙罗狄蒂是希腊神话中爱与美的女神，相当于罗马神话中的维纳斯。
　　② 牛头狼狗是英国产的一种用牛头犬与狼狗杂交而生的猛犬。

满、神气活现。淡红色的皮肤透过斑驳的狗毛显露出来，皮毛光彩灿灿，仿佛刚抹过橄榄油似的。它戴着一只嵌有黄铜的颈圈，是从最时髦的马具商店买来的。赫杰常常弓起身子，穿着一件条纹的毛毡旧上衣，戴着一顶不像样的毡帽子，拉下来盖住了浓密的头发，他脚上穿着一双颜色变得发灰的黑皮鞋或是变得发黑的棕色皮鞋。除了在严寒的日子，他从来不戴手套。

五月初赫杰听说，他后面那套房间里就要搬来一位新邻居了——就是朝西的那两间房，一大一小。他的工作室跟大的那间之间有一道双扇门。虽然那道门相当紧，但是这却使他在很大程度上听凭那个住户的支配。早在他住到这儿来以前，那两间房是由一个护士租下的。护士自命很懂老式家具，常去参加拍卖，买进了一些桃花心木家具和肮脏的黄铜器皿，存放在这儿。她打算等自己护士工作退休以后，就住到这儿来。眼下，她把自己的这两间房连带里面的宝贵家具转租给上纽约来"写作"或"绘画"的青年人。这些人全打算凭自己的脑力而不是体力，拼命干活来谋生，他们全希望得到富有艺术气息的环境。赫杰初搬进来的时候，这两间房里住着一个年轻的男人，试图写一些剧本——他一直在试着写，直到一星期前护士因为他拖欠房租才把他撵走了。

那个剧作家离开后不几天，赫杰隔着那道闩上的双扇门听见了一阵不吉祥的喊喊喳喳声：护士的贵妇人般的腔调——无疑是在领人看她的珍宝——和另一个声音，也是女人的，不过很不相同，是年轻活泼、天真自信的声音。虽然如此，有个女人住在那儿还是很令人讨厌的。那层楼上唯一的洗澡房是在前面过道里楼梯口那儿。他洗澡时来去都常会碰上她。他还得更加小心照料着，不让西泽把骨头扔在过道里。再说，他在自己的煤气炉上烧洋葱牛排时，她也许会有意见。

等谈话声终止，娘儿们离开以后，他立即把她们忘了。他专心致志地试画着一幅水族馆里斗鱼①的绘画，那些鱼隔着水槽的玻璃和绿水，瞪视着外面的人们。一类动物生活和另一类无法交通，这是一个令人非常惬意的设想——虽然赫杰自称这只是对罕见的明暗色彩分布的一项试验。这时候，他听见皮箱撞在狭窄的过道墙壁上的声音，于是意识到，她这就搬进来了。快到中午，他听见了呻吟声和深沉的喘息声，以及绳索的吱吱嘎嘎声，这才知道有一架钢琴正搬上来。等搬运工人的脚步声顺着楼梯向下消失以后，有人在钢琴上调了几下琴弦，随后便是一片宁静。不一会儿，他听见她把房门锁上，哼着一个调子走下过道，大概是出去吃午饭了。他把画笔插在一只松香水罐子里，没有停下洗手便戴上了帽子。西泽正在闩着的门下面的缝隙那儿嗅着，细瘦的尾巴直挺挺地翘起，像山核桃木的枝条似的，茸毛在精美的颈圈两旁竖了起来。

赫杰鼓励着他："来啊，西泽。你不久就会习惯于一种新气味的。"

在过道里，赫杰的房门正对面，通上屋顶去的那道梯子后面，放着一只很大的皮箱。狗好像受了委屈又感到惊讶那样咆哮了一声，朝着箱子直扑过去。他们走下三段楼梯，到了外面五月下午明媚的阳光里。

在广场那面，赫杰和狗向下走进设在地下室里的一家牡蛎铺，那里餐桌上没有桌布，咖啡杯没有杯柄，地上满覆着锯木屑，西泽是永远受到欢迎——并不是说，它需要那种预防性的铺地材料。波斯的各种地毯对它说来都会是很安全的。这天，赫杰心不在焉地要了洋葱牛排，并没有意识到自己为什么

---

① 斗鱼系一种著名的观赏鱼类，体侧扁，长方形，能栖息池沼，沟渠污水中，雄鱼善斗。

有点儿担心，怕这样的菜往后不大会常吃得到。在他吃着时，西泽坐在他的椅子旁边，很严肃地用尾巴拂着木屑。

午饭以后，赫杰为了遛狗在广场上散步，一面看着驿车驶去。那几乎是古老的驿车行驶在第五街上的最后一个夏季。喷水池只是新近因为到了夏季才开始喷水的。它喷起一道彩虹般的雾雨，不时飘向南面，洒在由哥哥姐姐，大不了一点儿的哥哥姐姐，扶着待在外面池子边上的一群意大利小孩儿们的身上。丰满的知更鸟在土地上跳来跳去。新剪过的青草，绿油油的耀人眼睛。从拱门顺着第五街向前看去，一个人可以看见那些生着闪亮的、黏糊糊的叶子的小白杨树，披上新油漆过的"春装"闪闪发光的布雷武特①，以及漂亮的车马——偶尔有一辆奇形怪状、行动缓慢的汽车，在一道明净、美好、活生生的东西中显得像一种丑恶的威胁。

西泽和主人正站在喷水池旁边时，一个姑娘越过广场朝他们走来。赫杰注意到她，因为她穿着一身淡紫色料子的衣服，怀里捧着一大束紫丁香鲜花。他看到她年轻、俊俏——身材苗条，行动大方，实在是很美。她也在喷水池旁边站住，回过头向拱门那面的第五街望去。在她望着时，相当赞赏地笑了，同时又似乎感到很高兴。她慢慢地弯起上嘴唇，眯缝上两眼，似乎说："你很鲜亮，你很动人，你可一点儿也不含糊，可是对我说来，你并不太好！"

在她逗留在那儿的时刻，西泽悄悄地跑到她的面前，闻了闻她的淡紫色裙子的折边，接着等她一溜烟往南跑去时，它跑回到主人面前来，昂起头，既激动又惊慌，卜嘴唇在锋利的白牙齿下面抽掣，淡褐色的眼睛显示出它的确有所发现。这样，

---

① 餐厅的字号。

它一动不动地站着，同时，赫杰看着那个穿淡紫色衣服的姑娘跑上他居住的那所宅子的台阶，走进门去了。

"一点儿不错，老弟①，是她！她的模样原可以比这差点儿，你知道。"

他们走上楼回到工作室去时，过道后部新房客的房门微微开了一点儿，赫杰闻到了刚从阳光下拿进来的紫丁香的浓郁香味儿。他过去闻惯了过道里旧地毯的霉湿味。（那个护士租户有一回曾经来敲他工作室的房门，抱怨说那种霉湿味里的特殊气息多少得由西泽负责，赫杰就此没有再和她说过话）他闻惯了那种老气味，反而宁愿闻到它而不习惯于紫丁香的香味了。他的同伴也是这样，西泽鼻子的辨别力还要敏锐得多。赫杰使劲儿把房门关上，开始工作。

居住在纽约偏僻的工作室里的青年人，大多数有一个开始的时期，全是从某种情况中挣脱出来的，在哪儿有一个家乡市镇，有一个家庭，父亲的老家。但是唐·赫杰没有这样的背景。他是一个弃婴，在一所无家可归的男孩的学校里长大成人。在那所学校里，书本学习只是全部课程中微不足道的一部分。当他十六岁的时候，一个天主教神父把他带到宾夕法尼亚州的格林斯堡②，叫他替自己管家。这个神父做了一些安排来填补这孩子教育方面的大空白点——教他爱好《堂·吉珂德》③和《传奇宝库》④，鼓励他在他那复折屋顶斜顶下的房间里用颜料和炭笔胡乱地涂抹。等唐想到纽约去美术协会学习时，神父在一家大百货商店里替他找到一个包装工人的夜班工作。从

---

① 这是叫唤西泽。
② 美国宾夕法尼亚州西南部的一处城市。
③ 西班牙作家塞万提斯（Miguel de Cervantes, 1547—1616）所著小说。
④ 意大利天主教多明我会修道士得沃拉季内（Jacobus de Voragine，1230—1298）写的一部圣徒传。

那以后，赫杰就自己照管自己了，这是他唯一的责任。他特别没有负担，没有家累，没有社会关系，除了对房东以外，对谁都没有义务。由于他总轻装旅行，能走得相当远。尽管他一生中不论哪一段时期至多也只有过三百块钱，他却到过世界上许许多多地方，而且已经见到过一系列有关绘画的犯罪勾当与揭露行为了。

　　虽然他这时不过二十六岁，他已经两次差点儿制成可供销售的商品了：一次是他为一份杂志试画的一些纽约街景，一次是由于他从新墨西哥带回家来的一组彩色粉笔画，当时正享有盛名的雷明顿①恰巧看见了它们，很慷慨地极力推荐。但是赫杰两次都决定，这是一件他不希望进一步推行下去的事——只是把旧玩意儿再画一下，搞不出什么名堂来——所以他以一种"拖拉的态度"接下试探的画商要他所作的试验，这使他们把他请出了铺子。当他缺钱用时，他总可以找到任何数量的商业工作做。他是一个熟练的制图人，干起活儿来速度极快。其余的时间他就花费在从一种绘画摸索进另一种，或者不带行李，像个流浪汉那样四处旅行。他主要忙于摆脱掉他先前以为很好的一些概念。

　　自从赫杰搬到华盛顿广场来以后，他的境况和以前经历过的任何时期相比，都算是很富裕的。他现在可以预付房租，把工作室锁上，一连外出上四个月。他从没有想到要比这种境况更富裕一些。当然，他抛开了许许多多别人认为必不可少的东西，可是他并不想念它们，因为他从来就没有过。他不属于任何俱乐部，不去访问任何人家，也没有什么工作室朋友②。就连在圣诞节和元旦，他也是独自一人在一家还不错的小饭馆

①　雷明顿（Frederic Remington，1861—1909）：美国画家、雕塑家。
②　指成名的大艺术家。

里吃饭。一连好几天，除了对自己的狗，对看门女工和那个跛脚的牡蛎铺老板以外，他对谁都不说话。

在五月的那第一个星期二，赫杰把房门关上，定下心去画他的斗鱼之后，他把新邻居的事情忘了个一干二净。等光线暗淡下去时，带着西泽出外散步。回家来的路上，在西休斯敦街向一个独眼的意大利女人购买了一些东西，这个女人老欺骗他。在他烧好肉片豌豆、喝了半瓶红葡萄酒①以后，他把碟子放在洗涤槽里，走到屋顶上去抽烟。这所宅子里就他一个人曾经到过屋顶上。为这件事，他和看门女工有一个秘密谅解。他可以享有"上屋顶去的特权"，如同她所说的，只要他在晴朗的日子把那扇笨重的活动天窗打开，使上面的过道通通风，并且留神注意着，遇到要下雨时，就把它关上。弗利太太肥胖、肮脏，不喜欢爬楼梯——再说，屋顶是由一道陡直的铁梯子通上去的，一个她那样肥胖的女人肯定上不去，而且顶上的那扇铁门也非常笨重，只有赫杰那样强壮的胳膊才推得开。赫杰不过中等身材，但是他练举重和哑铃，他的肩膀结实得像只大猩猩的。

因此，赫杰独自使用着屋顶。炎热的夜晚，他和西泽常常就睡在那上面，裹着他从亚利桑那州带回来的毯子。他总用左胳膊夹着西泽登了上去。这条狗始终没有学会爬陡直的梯子。而且只有当它匍匐在主人的胳膊下，作这种危险的攀登时，它才最最强烈地感觉到主人的伟大，和自己对他的依赖。在那上面，甚至有沙砾可以搔弄，狗儿乐意做什么就可以做什么，只要它不乱叫的话。那是一种天堂，除了它的伟大的、一身颜料气味的主人外，没有谁身强力壮，能够上得去。

---

① 原文是Chianti，特指意大利托斯卡纳地方基安蒂山一带产的一种红葡萄酒。

在五月的这个蓝晶晶的夜晚，西面有一钩纤巧的、少女般的新月，和一大群银光熠熠的繁星同时闪现在天上。不时，有一颗流星从那一群中飞驰而去，拖着一小道柔和的亮光，坠入薄纱般的蓝空，像哈哈笑着似的。每当有颗星这样的时候，赫杰和他的狗都很高兴。他们正沉迷地注视着这场星月交辉的游戏时，突然有个声音使他们分了神——不是星星发出的声音，不过它是音乐。它不是《帕利亚奇序诗》[1]，尽管炎热的晚上，这支曲子曾不时从汤普森街一所意大利人的公寓里传来，中间还夹着经常落在后面的那个胖乎乎的男中音歌手的喘息声。它也不是在温和的黄昏时常在街道转角演奏的那个转手摇风琴的人发出的。不是，这是一个女人的声音，歌唱着普奇尼先生[2]的疾风骤雨般重叠的词句。那时候这些歌词在世上还相当新鲜，但是已经非常受人欢迎，因此就连赫杰也辨认得出他[3]那明白无误的一阵阵声息了。他朝四下的屋顶看了看，一切都蓝晶晶的，十分寂静，那些建造得很好、如今简直不用的烟囱全黑黝黝地、令人惋惜地耸立在那儿。他轻轻地朝那个黄色的四方形走过去，过道里的煤气灯光通过半开的天窗射上来，照到了那儿。唔，不错！歌声经由那个洞孔像一股疾风传了上来，是一个洪亮、悦耳的声音，听起来很像一个职业歌唱家。赫杰想起来，那天早晨曾经搬来一架钢琴。这可能会是一个十分讨厌的玩意儿。如果你可以随意开关，那听起来就惬意多了，可是这一点你办不到。西泽的颈圈和丑恶而灵敏的脸上给煤气灯光照耀着，它气喘吁吁，很想探明白个究竟。赫杰用一只手拍拍它，打消它的疑虑。

---

① 意大利歌剧作曲家莱翁卡瓦洛（Ruggiero Leoncavallo, 1858–1919）写的一部歌剧，分序诗和第一、第二两幕，于1892年在米兰首次上演。
② 普奇尼（Giacomo Puccini, 1858–1924）：意大利歌剧作曲家。
③ 指普奇尼。

"我可不知道。咱们还没法说。也许并不太糟。"

他呆在屋顶上，直到下面变得一片寂静。最后，他下去了，对他的邻居有了一种全新的感觉。她的嗓音，像她的身个儿一样，激起了人的敬意——如果你不乐意管这叫作钦佩的话。这时候，她的房门紧闭着，门顶窗里黑魆魆的。除了那只碍事的皮箱在狭窄的过道里不恰当地占去了一些地方以外，她已经一丝痕迹也没有了。

二

赫杰一连两天没有看见她。那会儿，他每天画上八小时，只在觅食的时候才出去。他注意到，她早晨吊嗓子练习要花上大约一小时。随后，她锁上房门，哼着曲调走下过道，撇下他清清静静地工作。他听见她把咖啡大约在他烧好的同时烧好。更早一点儿的时候，她走过他的房间，前去洗澡。晚上，她有时唱歌，不过总的说来，她并不打搅他。

他画得顺手的时候，什么事也不大在意。早报总在他的房门口一直放到他去取牛奶瓶的时候，到那时他才把报纸踢进房，它于是就在地板上一直放到晚上。他有时候看报，有时候不看。他忘了在三楼他的工作室外面的世界上，有什么重大的事情在进行。谁也不曾教过他，应该对别人关心，应该对匹兹堡①钢铁工人大罢工、对户外生活基金、对儿童医院的丑闻关心。一只生活在怀俄明州峡谷里的灰狼，对这些事情几乎不会比唐·赫杰更不在意点儿。

一天早晨，他替西泽洗完澡，用一条厚毛巾把它擦得浑身油光光的。接着，他从过道前面一头的洗澡房走出来。在澡房

———————————

① 美国宾夕法尼亚州西南部的一处城市，系钢铁中心。

160

门口，仿佛埋伏好等候着他那样，站着一个身个儿颀长的人，穿着一件飘拂的蓝绸晨衣，从她那云石般的胳膊上向后滑去。她手里拿着洗澡用的种种东西。

"我希望，"她挡住他的去路，声音清晰地说，"我希望你不要在澡盆里给你的狗洗澡。我可从没听说过这样的事！我在澡盆里发现了狗毛，闻到了一股狗的气味儿。现在，我又亲眼看到你在这么做。这是个很不道德的行为！"

赫杰大为吃惊。她身个儿那么高，那么绝对自信，这当儿又因为生气美得简直光彩照人。他拿着海绵和狗肥皂，站在那儿直眨眼，觉得自己应该对她深深鞠躬道歉。可是他实际所说的却是：

"以前谁也没有反对过。我总用澡盆洗——而且，它好歹比大多数人都干净。"

"比我干净？"她的眉毛倒竖起来，雪白的胳膊和颈子，以及香馥馥的全身似乎像一群义愤填膺的宁芙①在朝他尖声喊叫。有件事掠过了他的心头，那就是：一个人变成了一条狗或是被许多条狗追赶着，因为美人正在入浴，他无意中闯进去了。

"不，我可不是这意思，"他咕哝说，脸涨得通红，只有肌肉发达的下巴颏儿上的短胡茬儿显得发青，"不过我知道它比我干净。"

"这一点我可毫不怀疑！"她的声音听起来就像是水晶体柔和的颤动声。接着，她怜悯地笑笑，把那件宽大的蓝晨衣在身上裹裹紧，让这个倒霉的人走过去了。就连西泽也吓坏了。它飞快蹿下过道，穿过房门，奔到房角里那些骨头中它的窝里

---

① 希腊神话中，居住在山林水泽中的仙女。

去。

赫杰一动不动地站在门口，听着她愤怒地嗅嗅、咳嗽，还用水哗哗地洗擦澡盆的四边。他已经洗过了，不过他是用西泽的海绵擦洗的，很可能还留有几根狗毛。狗这时候正在脱毛。那位剧作家从来没有反对过，住在前房里的那个快活的插画家也没有——不过他，像他承认的那样，"不在布法罗①的时候，通常总是喝醉酒的"。他有时候回到布法罗家里去养养神经。

赫杰从来就没有想到，有谁会在意用澡盆给西泽洗澡——但是以前，他从来没看见过一个美貌的姑娘披着好看的衣服来洗澡。他一看见她站在那儿时，立刻认识到这样做是不合适的。拿这件事来说，她根本就不该踏进随便哪个别人曾经洗过澡的澡盆去。插画家很邋遢，把香烟头乱扔在墙壁的嵌线上。

那天早上他工作时，心里一直给一种怨恨的欲望折磨着，很想对她报复一下。他给她的轻蔑的态度就那么压垮了，这使他很怨恨。等他听见她锁上房门出去吃午饭时，他穿着肮脏的画服快步走进过道，对她说道：

"我并不想吹毛求疵，小姐，"——他脑子里有些冠冕堂皇的词儿，偶尔也用用——"不过要是这是你的皮箱，那放在这儿相当碍事。"

"噢，好！"她不经意地喊了一声，把钥匙扔进她的手提包去，"等我找到一个男人来搬，我就把它搬走。"说完，她用轻快的、晃动的大步走下过道去了。

她的名字叫伊登·鲍尔。赫杰是从邮差放在下面过道桌子

------

① 美国纽约州西部的一城市。

上她的信件上看到的。

三

　　靠着把赫杰的房间和鲍尔小姐的房间分隔开的那道隔板墙，造有一个衣橱。赫杰把他的衣服就全收在那里面，有的是挂在挂钩和衣架上，有的就放在地板上。这些日子，他打开橱门的时候，有些灰褐色的小虫用茸毛般的翅膀飞出来。他疑心是有一窝蛀虫在他的冬大衣里孵出来了。看门女工弗利太太曾经叫他把所有的厚衣服拿下楼去，她好帮他拍打拍打，挂到院子里吹吹。衣橱里实在乱七八糟，所以他总回避这件事，可是一个炎热的下午，他着手干起这件事来。首先，他把一堆忘了洗的衣服扔出来，用一条被单把它们包扎好。等他把这个包袱四角扎起来以后，有他身体一半那么高。接下去，他把鞋子和套鞋聚在一起。当他把大衣从靠着隔板的地方取出来时，一道长长的黄光掠过那个黑暗的衣橱，隔板上有一个节孔，显然是在西面房间高高的护壁板上。他以前从没有注意到它。这时候，他没有认识到自己在干什么事，竟然弯下身，从孔里瞅了一下。

　　那面，在一片阳光中，站着他的新邻居，身上一丝不挂，正在一面金边的长镜子面前做某种体操。赫杰当时并没有想到，自己这样看她多么不可宽恕。对于一个根据人体画过那么多幅画的人来说，裸体并不是不成体统的。他继续看下去，只是因为他从来没有看见过一个这么美的女人的身体——在活动中实在晶莹洁白。在她摆动胳膊，从一个回转运动转换成另一个时，肌肉上的活力似乎传遍了全身，从足趾直到手指尖。体操所显示出的柔软的精力和下午的金黄色阳光，共同在她的肌肤上晃荡,把她笼罩在一阵灿灿发光的薄雾里。在她转动身子,扭曲身子时,这阵薄雾一会儿使得一只胳膊,一会儿使得一边肩膀,一会儿又使得一条大腿融化在明净的亮光里,接下去随着下一个姿势立即又恢复了原来的轮廓。赫杰的手指弯曲起来,仿佛他正拿着一支炭笔似的。内心里,他正把那整个身体用一道草草画出的线条勾勒出来。在每一姿势产生的活力放射出去,从一只脚或一面肩膀,从向上一伸的下巴颏儿或是从耸起的乳房上,形成那团旋转的亮光的那一刹那,木炭就似乎在他手里爆炸开了。

他说不上来自己看了她六分钟还是十六分钟。等她把体操做完以后,她停下,把披下来的一绺头发拢了拢,很关心地察看了一下她左面胳肢窝下长的一个微微发红的小痣。接着,她一手叉着腰,无忧无虑地走过那间房,进了卧室的门不见了。

不见了——唐·赫杰跪在地上,伏下身子,注视着由西面那几扇窗子倾注进来的那片黄光,注视着在那张褪色的土耳其地毯上静止不动的那片湖水般的金光。那个地点好像着了魔似的。一个来自亚历山大①,来自异教的遥远过去的幻象,曾经在那儿,在葵花般的火焰中沐浴。

他从衣橱里钻出来后,站在那儿对着那条包满了换洗衣服的灰被单眨眼,不知道自己究竟怎么了。在他凝视着那包衣服时,他感到有点儿恶心。这儿的一切都不一样,他憎恶这地方乱糟糟的情形,这种牢房般灰暗的光线,他的旧皮鞋,他本人,以及他的种种邋遢的习惯。用铁丝挂在他那扇大窗子上的黑色印花布窗帘,已经灰蒙蒙的发白了。洗涤槽里放有三只油腻腻的煎锅,还有洗涤槽本身——他感到毫无希望。这种情况

_____

① 埃及北部主要港口,是古马其顿国王亚历山大大帝于公元前332年所建。

他一分钟也忍受不住了。他抱起一大叠冬天穿的衣服，奔下四段楼梯，到地下室去。

"弗利太太，"他开口说，"今儿下午，我想找人把我的房间收拾干净，彻底收拾干净。你能马上替我找个女人来收拾吗？"

"你今儿有客人来吗？"那个肥胖、肮脏的看门女工问。弗利太太是一个能干的坦慕尼协会①成员的寡妇，在弗拉特布什②拥有一片不动产。她身个儿肥大、松软，活像一张羽毛褥垫。她的脸上和胳膊上经常覆有一层灰，遇到汗水淌下的地方就像木料那样有些木纹。

"不错，有客人。是这么回事。"

"唔，一天里这时候要人去找个清洁女工来，太奇怪啦。我有可能替你把老利齐找来，要是她没喝醉的话。我打发威利去看看。"

威利是她十四岁的儿子，抽完第五包香烟正昏昏沉沉，面无人色，这会儿给一枚两毛五分金币的闪光激了起来，跑出去了。五分钟后，他领着老利齐回来——利齐身上一大股酒味，她穿着好几件短上衣，一件罩在一件上，下身也穿了好多条裙子，有长有短，这使她很像一块生气盎然的洗碟布。她当然只好向弗利太太借了她的工具，很吃力地走上那长长的好儿段楼梯，拖着拖把、铅桶和扫帚。她告诉赫杰不要懊丧，因为他找到了最适合干这件事的女人，并且给他看她戴在手腕上防止脱臼的一大段皮带。她嗖嗖地打扫了一下那地方，弄得满房是灰，又泼了些肥皂水在地上。他紧张绝望地注视着。接下来，他又看着利齐，让她把洗涤槽擦洗干净，很粗暴地指使她，然

---

① 美国民主党在纽约市的一个很有势力的政治组织，成立于1789年。
② 美国纽约市东南部的一片住宅区，在长岛西部。

后给了她钱，把她打发走了。他面对自己的这场失败关上了房门，领着狗匆匆出去，藏身到了西街上的码头装卸工人和一般码头工人当中。

就唐·赫杰来说，一个莫名其妙的篇章开始了。一天天，在午后的那时刻，就是在他的邻居穿好衣服出去吃晚饭之前，他总在他的衣橱里蹲下身子，看着她做她的神秘的体操。他并没有想到，他的行为是极其可恶的。这个一丝不挂的姑娘一点儿没有羞怯或退避的神态——一个大胆奔放的人，十分冷静地细看着自身，显然对自身很满意，为了一个目的而做着这一切。赫杰简直没有把他的这一行动看成是理性行为。这是他恰巧碰上的一件事。不止一次，他走出去，想整个下午都待在外面，可是大约五点钟，他必然发现自己呆在黑暗中的旧鞋子堆里。那个洞眼的吸引力比他的意志还要强——他以前一向认为他的意志是自己最强劲的力量。当她倒在长沙发上，躺下休息时，他还屏住呼吸，睁大眼睛看着。他的神经非常紧张，突然传来的一个声音总使他一惊，并且使他额头上冒出汗水来。狗总来死劲儿扯他的衣袖，知道主人准是出了什么毛病。如果狗想哀号上一声，那双强壮的手就扼住了它的喉咙。

等赫杰偷偷地从衣橱里钻出来以后，就在长沙发椅的边上坐下，一动不动地坐上几小时。现在，他压根儿不画画了。这件事，不管它是什么事，把他完全吸住了，就像有些概念有时候那样。他陷入了一种懒散麻木的状态，就和工作干得麻木了时一样深沉、昏暗。他不能了解，他不是一个小伙子，他已经使用模特儿工作过好几年了，女人的身体对他并不是什么神秘的事。然而，他如今什么事也不做，就坐着想到一个人。他睡得也很少，早上天刚亮，他就醒过来，完全给这个女人迷住了，就仿佛他前一晚一直守着她似的。生活的那种不知不觉的作用在他的内心进行着，结果只使得这种紧张激动一直继续下去。现在，他的头脑里只有一个形象——使他激动，使他沸腾。这是一种野蛮人的感觉，没有友情，几乎没有温柔亲切之感。

女人曾经进出于赫杰的生活。首先，他因为没有母亲，所以跟女人的关系不论是恋爱的还是朋友之间的，都不很郑重。他跟看门女工和洗衣女工，跟印第安人，跟外国的农村妇女都相处得很好。在绸裙工厂的女工当中他有一些朋友，她们常到华盛顿广场来吃午饭。有时，他也带一个模特儿到乡间去消磨一天。对于他看见的走出大店铺或是乘车在公园①里驶过的衣衫华丽的女人，他有一种毫无理性的反感。要是在去美术博物馆的路上，他瞥见一个俏丽的姑娘站在第五街前一段路上一所宅子的台阶上时，他总朝她皱起眉头，耸起肩膀走了过去，仿佛身上发冷似的。他从来不熟悉那种姑娘，从来没有听见她们说过话，也从来没有看见过她们居住的宅子内部的情形，不过他深信她们都是矫揉造作的，而且从审美观点来看，还是变态的。他看见她们被一种欲望支配着，想要获得商品和制成品，而这些东西只会使得生活复杂、虚假，并且用丑恶而毫无意义的琐碎东西来装点生活。他认为她们会使人把艺术中、思想中、宇宙中存在的那种女人几乎忘却了。

他并不想知道破坏了他的生活，至少是暂时破坏了他的生活的这个女人——对她平日的为人并不十分想知道。他回避开对她为人的任何新发现，留神听着鲍尔小姐的来去，不是为了想遇见她，而是为了想避开她。他希望这个穿宽松女上衣、收到芝加哥来信的姑娘不会来找上他，她并不存在。他跟她毫无瓜葛。但是在一间充满阳光的房间里，一面旧镜子的前面，一张着

①　指中央公园。

167

了魔的暗色小地毯上,他曾经看见一个女人裸体走出一扇门来,又裸体走进去不见了。他想到那个身体上好像从来没有穿过衣服,或者曾经穿过过去千百年的各式料子衣服,就是没有穿过他这一世纪的。而且对他说来,她在地理方面也毫无联系,要么就是跟克里特①、亚历山大或者韦罗内塞②的威尼斯有联系。她是那个不朽的概念,是那个永远不变的主题。

一天下午,两个年轻人跑来邀伊登·鲍尔出去吃饭,这才第一次打破了赫杰的昏昏沉沉状态。那两个年轻人走进她的音乐室去,谈笑了一会儿,然后陪着她一块儿走了。他们走了很长时间,可是他自己却并没有出来吃东西,他等着他们回来。最后,他听见他们走下过道了,比去的时候更欢快,话更多。一个年轻人在钢琴前面坐下,他们一起唱起歌来。赫杰觉得这实在叫人受不了啦。他一把拿起帽子,直奔下楼梯去。西泽在他身旁跳跃着,希望过去的日子又回来了。他们在牡蛎铺老板的那个地下室吃了晚饭,然后在自己的大门口前面坐下。一轮明月高悬在广场上,晶莹皎洁,但是赫杰并没有看见月亮,他正杀气腾腾地在等待那两个人。不一会儿,两个人戴着草帽、穿着白裤子、拿着手杖从他宅子的台阶上走下来。他站起身,紧紧跟在他们后面走过广场。那两个年轻人哈哈笑着,似乎对一件什么事洋洋得意。有一个停下来点一支香烟。这时赫杰听见另一个说:

"你认为她的才能是不是非常出色呢?"

他的同伴把火柴扔掉,"她的模样儿非常出色。"他们俩忙着上驿车去了。

赫杰回到他的工作室去。她的门顶窗还亮着灯。这天,他

---

① 希腊的一个大岛,在地中海东部。
② 韦罗内塞(Paolo Veronese, 1528—1588):威尼斯画家。

第一次晚上也侵犯了她的私生活,由那个倒霉的洞眼里凝视着她。她穿得齐齐整整坐在窗前吸烟,一面眺望着窗外那些屋顶。他注视着她。后来,她站起身,带着一种轻蔑、狡黠的微笑四下看看,然后把灯熄了。

第二天早晨,鲍尔小姐出去的时候,赫杰尾随着她。当她在广场上漫步时,雪白的裙子在他前面闪闪发光。她在加里巴尔迪①的塑像后面坐下,把带的一本乐谱打开。她随随便便地一页页翻着,好几次朝他的方向瞥上一眼。他正预备走到她面前去时,她迅速站起身,朝天空望了望。一群鸽子从南面拥挤的意大利人居住区里飞了起来,正在早晨的空中快速地盘旋而上,时而腾起时而低飞,时而分散开来时而聚在一起,在掠过或截断阳光时一会儿发灰,一会儿银白。她举起一只手,遮在眼睛上面,脸上带有一种目空一切的高兴神气盯视着它们。

赫杰走过去站在她身旁:"你以前管保看见过它们吧?"

"噢,是的,"她回答,仍旧抬脸望着,"我从窗子里天天看见它们。它们总在五点左右飞回来。它们住在哪儿?"

"我不知道。大概是一个意大利人饲养了供应市场的。早在我住到这儿来以前,它们就在这儿。我在这儿已经住了四年啦。"

"就在那间阴暗的房间里吗?我住的那两间空着的时候,你干吗不租下呢?"

"我那间并不阴暗。那种光线对绘画最好。"

"噢,是吗?我对绘画一点儿也不懂,哪天倒想看看你的画。你房里有那么多幅。那样靠墙堆放着,它们不会积满灰尘吗?"

"不大会。我很乐意把它们拿给你看看。你当真叫伊

---

① 加里巴尔迪(Giuseppe Garibaldi, 1807—1882):意大利民族解放运动的领袖。

登·鲍尔吗？我在桌子上瞧见过你的信。"

"唔，那是我唱歌时要用的名字。我父亲姓鲍尔斯，不过我的朋友琼斯先生叫我把那个'斯'字去掉。琼斯先生是芝加哥的一个新闻记者，专写音乐方面的文章。他觉得我的嗓子简直好极啦。"

鲍尔小姐通常总不把全部事情都说出来——随便什么事情都是这样。她住在伊利诺伊州亨廷顿的时候，名字是叫埃德娜，可是琼斯先生说动了她，把那改成一个他觉得可以配得上她的前途的名字。她在接受人家建议方面一向很敏捷，虽然她告诉他，她"瞧不出'埃德娜'有什么不好"。

她向赫杰解释说，她就要到巴黎去学习。她在纽约是等候芝加哥的一些朋友，他们要带她到巴黎去，可是又给什么事情耽搁了。"你是在巴黎学画的吗？"她问。

"没有，我从没有到过巴黎。不过去年夏天，我一直呆在法国南部，跟着克——学习。他是现代派中最了不起的人物——至少我认为是这样。"

鲍尔小姐坐下，还在长凳上空出地方来邀他也坐下。"请你把这件事告诉我。我本来这时候早该到那儿了。我可不能等到自己亲眼看见那儿是什么情形。"

赫杰于是叙说起自己在一次展览会上看到那个法国人的一些作品，他当场便决定这是他应当学习的人，下一个星期他就乘船到马赛去了，坐的是统舱。他到法国后，立刻到他的画家居住的沿海的那个小镇上去，自我介绍了一番。那个人从来不收学生，但是因为赫杰是从那么老远去的，他就让他留下了。赫杰住在那位大师的家里。每天，他们一块儿出去绘画，往往就坐在海滨晒得炽热的岩石上。他们用轻便的羊毛毯裹住自己，并不感到那份炎热。赫杰最后说，到那儿跟着克——一块儿绘画，就跟到了天堂里一样。他在三个月里所学到的，比以前许多年里所学到的都多。

伊登·鲍尔笑了："你是个很有意思的人。你除了工作以外什么事都不做吗？那儿的女人很美吗？你尝到一些非常好吃、好喝的东西吗？"

赫杰说，有些女人长得很好看，特别是一个四下兜售鱼虾的姑娘。至于食品，并没有什么特别精美的东西——只有熟了的无花果，他很喜欢无花果。那地方的人喝酸葡萄酒，吃山羊黄油，那种黄油气味很冲，而且里面满是羊毛，因为它是用一张山羊皮裹着做的。

"但是他们不举行宴会或是舞会吗？那儿有没有什么上等的旅馆呢？"

"有倒有，不过夏天全关闭起来了。乡下人都很穷。但是那是个很美的国家。"

"怎么，很美吗？"她追问下去。

"你要是乐意回进屋子去，我就给你看一些写生，你就会明白了。"

鲍尔小姐站起身："好吧。我今儿上午就不去学击剑。你会击剑吗？你的狗来啦。你一走动，它就跟着你。我在过道里遇见它的时候，它总朝我扮个怪脸，还露出它的讨厌的小牙齿来，仿佛要咬我似的。"

在工作室里，赫杰取出他的写生来，可是因为鲍尔小姐最喜欢的画幅是《基督在比拉多面前》和红头发的《亨纳的抹大拉》①，所以她并不觉得这些风景画很美，它们并没有使她想到任何一个国家。不过她很细心，没有表态。她的歌唱教师已

———————————

① 这是两幅以《圣经》故事为题材的绘画。比拉多是审判耶稣的总督；抹大拉是一个悔罪而得救的淫荡女子。

经说得使她相信，她对许多事情都有不少该学的。

"咱们干吗不一块儿出去，上哪儿吃顿午饭呢？"赫杰问，一面用手绢把手上的灰掸掉——接着，他尽快把那条手绢放到看不见的地方去了。

"好吧，上布雷武特去，"她很随意地说，"我认为那是个好地方，他们的葡萄酒很好。我可不喜欢鸡尾酒。"

赫杰不安地摸了摸下巴颏儿："我今儿早晨大概忘了刮脸啦。你能不能在广场上等我一会儿呢？我用不了十分钟。"

他单独留下后，找出了一个干净的衣领和一条手绢，又把上衣刷了刷，把黑皮鞋擦了油，最后还从他由西班牙带回来的一只旧铜壶底上捞出十块钱来。他那顶冬季戴的帽子样子十分难看，布雷武特门厅里的侍者接过去，把它挂在架子上那排新草帽当中时，朝着看门人眨了眨眼。

四

那天下午，伊登·鲍尔躺在音乐室里那张长沙发上，脸朝着窗外，注视着鸽子。她这样躺着时，看不见附近的任何屋顶，只看到天空和一再掠过她的视野的鸟儿，它们白得就像在风中翻飞的一片片碎纸。她在想着，自己年轻、俊俏，刚吃了一顿丰盛的午饭，一座逍遥自在、无忧无虑的城市就在她下面的街道上。她还感到纳闷，自己为什么觉得这个古怪的画家，这个生着瘦削、发青的面颊和黝黑浓密的眉毛的小伙子，比她在自己教师的工作室里遇见的那些漂亮的年轻人更有意思。

伊登·鲍尔这个人在二十岁时，就和我们大伙儿后来知道的她到四十岁时大致一样，只不过她眼下阅历的事情少得多罢了。但是有一件事她却知道：她将要成为伊登·鲍尔。她就像站在一面放满了美丽、昂贵的商品的大橱窗前面的人，盘算着自己要买哪几件。她知道这些东西不会立刻全部送来给她，不过它们会一件件来到她的门前的。

她已经知道，自己将要碰上的许多事情中的某几件。例如，由他姐姐陪伴着，就要带她到国外去的那个芝加哥百万富翁，最终会以完全不同的方式来坚持他的要求的。他是一个最谨慎小心的单身汉，对一切明显的事情，甚至对过于俏丽出色的女人，都很害怕。他是个紧张不安的绘画和家具收集人，是一个紧张不安的音乐提倡人和一个紧张不安的主人，对自己的健康，对可能会使他显得荒唐可笑的任何行为，都很细心。可是她知道，他临了会把种种提防措施全都抛到九霄云外的。

伊登·鲍尔这样的人是难以理解的。她父亲在伊利诺伊州的亨廷顿出售农业机械。她长大成人，除了在那个大草原城市结识的人和积累的经验以外，并没有其他的熟人和经验。然而，从最早的童年开始，她的信念或是见解就跟她周围的人——她所熟悉的人们——毫无相同之处。在她还是个小姑娘的时候，她就下定决心要成为一个女演员，要住在老远老远的大城市里，要受到男人们的爱慕，并且要得到她所要的一切。当她十三岁的时候，她已经在为教堂里的演出唱歌和朗诵了，她在一份画报上读到了一篇很长的文章，讲到已故的俄国沙皇，他那时候刚即位或即将即位。在那以后，夏天的晚上，她躺在前面门廊上的吊床里时，或者坐在教堂里她家的座位上听着一篇冗长的讲道文时，她总这样想着来自我消遣，她总试图拿定主意，当她到沙皇的京城去演出时，她到底乐不乐意做沙皇的情妇。那时候埃德娜只是在维达①的小说里见到过这个

① 维达：英国小说家德拉雷米（Marie Louise de la Ramie，1839—1909）的笔名。

173

迷人的词儿②——她的工作辛苦、身材瘦小的母亲在楼上贮藏室里衣柜后面收藏有一长排维达的小说。在亨廷顿，跟男人保持这种关系的女人，是给唤作一个很不相同的名称的。她们的命运可不是值得羡慕的。在所有卑贱贫穷的人当中，她们是最卑贱的。但是那时候，埃德娜始终就没有生活在亨廷顿，甚至在她开始发现《萨福》和《莫班小姐》③这类书之前，就没有。这类书的平装本当时在伊利诺伊州到处秘密出售。火车整天都在鲍尔斯家后面围墙外的沼泽地上面喷烟驶过。她就仿佛乘坐一列那种火车驶进亨廷顿，驶进鲍尔斯家来，正等着另一列火车再把她带走。

在她年龄大点儿，长得更俊俏点儿以后，她有了许多情人，可是这些小城镇的小伙子并不使她感兴趣。倘使有个小伙子从舞会上送她回家时吻了她，她是很大方的，她很喜欢他这样。但是如果他进一步抱紧了她，她就哈哈笑笑，溜走了。等她开始在芝加哥唱歌以后，她一贯谨慎小心。她以客人的身份待在阔人们的宅子里。她知道人家正把她当作实验室的兔子那样注视着。她盖好被，熄了灯，躺在床上，想自己的心思，并且觉得很好笑。

这年夏天到纽约来，她第一次领略到了自由。芝加哥的那个资本家把乘船出国的种种安排都做好以后，被迫又到墨西哥去，照料石油利益去了。他的姐姐认识纽约一个极出色的歌唱老师。一个像鲍尔小姐这样聪明谨慎的姑娘干吗不可以在他那儿度过这一夏天，安安静静地学习呢？资本家提议他姐姐

---

② 指"情妇"。

③ 《萨福》是法国小说家都德（Alphonse Daudet，1840—1897）于1884年出版的一部小说。

　　《莫班小姐》是法国诗人、小说家戈蒂耶（Théophile Gautier，1811—1872）于1836年出版的一部小说。

可以到长岛①上去消夏,他将替她把格里菲思的住宅,连同所有的仆人都租借下,伊登也可以待在那儿。但是他姐姐用冷淡的目光看待这一提议。因此,由于自私与贪婪,伊登这一夏天完全自由了——这实际上在使她成为一个艺术家和她往后将要成为的不论什么别种人物方面,起了很大的作用。她有时间四下看看,留神观察而不为人注意,从一个橱窗里挑选钻石,从另一个里挑选毛货,还在她去吃饭的大饭店里挑选出她爱好的那种肩膀与口髭来。她具有不受人注意的那种平静自在,同时又意识到自己的能力。她对两样都很喜欢。她一点儿也不匆忙。

伊登·鲍尔注视着鸽子的时候,唐·赫杰坐在闩着的门的另一边,正望着一汪深色松香水中他那闲放着的画笔,心里很纳闷地想到一个女人为什么能使他这样。他对自己的前途也很有把握,知道自己是一个挑选出来的人。他当然不会知道,他不过是落在一股魅力下的第一个人。这股魅力对有几个人将是灾难性的,而对成千上万的人却是愉快动人的。这两个年轻人每一个都意识到未来,不过都并不完全。唐·赫杰知道,自己决不会遭到多少事情。伊登·鲍尔知道她会碰上许许多多事情。不过她没有料到,她的邻居坐在他的阴暗的工作室里经历到的事情,会比她将在欧洲各国首都见识到的事情,或是从她准备容许自己从事的种种自由行动中所见识到的事情,还要强烈恼人。

五

一个星期日早晨,伊登跟着一个潇洒的年轻人走过广场。

---

① 美国纽约州东南部的一个岛,是纽约市的一部分。

那个年轻人穿着一身白色法兰绒衣服，戴着一项巴拿马草帽。他们刚刚在布雷武特吃完早饭。这会儿他正在说好话哄她，想使她让他上楼到她房间里，歌唱上一小时。

"不成，我有几封信得写。你这会儿一定得离开。我瞧见我有位朋友在那边。上楼之前，我想去问他一件事。"

"牵着狗的那个人吗？你在哪儿认识他的？"年轻人朝着坐在梧桐树下的赫杰瞥了一眼，赫杰这时正坐在那儿看早报。

"啊，他是西部来的一位老朋友，"伊登轻快地说，"我不给你介绍，因为他不喜欢结识人。他是一位隐士。再见。星期二我不能肯定。要是我上完课以后有时间，我就跟你一块儿去。"她点点头，离开了他，走到乱放着报纸的那个座位那儿去。那个年轻人头也没有回就沿第五街走去了。

"唔，你今儿打算做点儿什么事？整个儿上午都用洗发剂洗这个畜生吗？"伊登戏弄地问。

赫杰在长凳上空出点儿地方来让她坐。"不，十二点钟我要到科尼岛①去。我的一个模特儿今儿下午要乘一只气球起飞。我答应过好多次要去看她，今儿我打算去一趟。"

伊登问他模特儿是不是通常总做这种惊人的表演。赫杰告诉她并不总是这样，不过莫利·韦尔奇这样做来给自己增加点儿收入。"我相信，"他补充说，"她也喜欢这件事的紧张刺激。她为人很有气魄。这就是我喜欢画她的缘故。许多模特儿身体都很软弱。"

"她可不是那样，是吗？她就是常来找你的那一个吗？我没法不听见她说话，她说话声音那么响。"

"是的，她嗓音很粗，不过她是个好姑娘。我想你大概不

---

① 美国纽约市的一个小岛，是一游乐场地。

会很感兴趣,乐意一块儿去吧?"

"我不知道,"伊登坐在那儿,用阳伞的头子在沥青上描绘着花纹,"这件事有趣吗?我清早起来,觉得我今儿想做一件完全不同的事。这是我用不着上教堂唱歌的第一个星期日。我有一个约会,上布雷武特去吃早饭,可是那并不很令人兴奋。那家伙什么也不会说,只知道谈他自己。"

赫杰热和起来点儿:"如果你从来没有到科尼岛去过,那你应该去。看看所有那些人是挺不错的。裁缝、酒吧间招待、职业拳击手,陪着他们最要好的女朋友,还有各种各样出去度一天假的人。"

伊登斜眼望望他。这么说,一个人应当对那样的人感兴趣了,是不是呢?他的确是个怪有意思的人。然而,不知怎么,他却从不令人讨厌。她新近和他很接近,不过她还是不断想多熟悉他一点儿,想弄明白是什么使他和自己刚离开的那个人有所不同的——他是不是当真像外表这样与众不同呢。"我跟你一块儿去,"她最后说,"如果你把这家伙留在家里的话。"她用阳伞指指西泽的晃动的耳朵。

"可是它也是一部分有趣的事呀。你会乐意听见它对着涌上前来的海浪大喊大叫的。"

"不,我不要。它要是看见你对哪个别人说话,就会感到嫉妒和不乐意的。现在,瞧瞧它。"

"要是你朝它做个鬼脸,那当然啦。它知道那是什么意思,所以做出一个更难看的脸来。它很喜欢莫利·韦尔奇。如果我不带它去,莫利会感到失望的。"

伊登坚决地说,他没法带他们俩同去。所以十二点钟,当她和赫杰在德斯布罗塞斯街上船的时候,西泽却伏在草荐上啃骨头。

伊登很喜欢这次乘船航行。这是她第一次泛舟水上。她觉得仿佛是乘船往法国去了。轻盈温暖的柔风和浪涛的冲击，使她神清气爽了，她喜欢随便什么样的人群。他们去到一家嘈杂的大饭店的阳台上，吃了一顿海鲜午餐，配了几大杯啤酒。自从十天前赫杰第一次和鲍尔小姐共进午餐以后，他在广告公司里已经被提升了好几级，他已经什么事都可以办了。

饭后，他们走到海滨游泳场后面的帐篷那儿去，有两个气球的顶部从帐篷上面凸了出来。一个红脸蛋的人穿着一身亚麻布衣服站在帐篷前面，用嘶哑的嗓音喊着，告诉人们，如果大家能再凑五块钱，一位标致的年轻女郎就会为他们的娱乐冒生命危险表演一番。四个小男孩穿着肮脏的红色制服跑来跑去，用圆桶形的帽子收集起人家拿出的钱来。有一只气球系着绳子上下跳动。人们推推搡搡挤上前去，想接近帐篷。

"是像他说的那样危险吗？"伊登问。

"莫利说只要气球不出毛病，那是很简单的。出了毛病，那大概就全完啦。"

"你乐意跟她一块儿上去吗？"

"我？当然不乐意啦。我不喜欢傻呵呵的冒险。"

伊登鼻子哧了一声："我认为明智的冒险不会多么有意思。"

赫杰没有回答，因为正在这时，人人都向另一个方向涌去，一面嚷道："留神看啊。她升起啦！"一个六人乐队喧闹地演奏起来。

等气球从帐篷外的那圈地上升起以后，他们看见一个姑娘穿着绿色紧身衣裤站在吊篮里，一只手很随意地握着一根绳索，另一只手朝着观众挥动致意。有一根长绳子从后面拖下来，防止气球被吹到海上去。

在气球翱翔起来后，穿绿色紧身衣裤的人形在吊篮里越变越小，最后成了一个小斑点，气球本身在那片熠熠的亮光中也显得就像一只银灰色的大蝙蝠，把两只翅膀折了起来。当气球开始下降时，那姑娘从吊篮的洞孔里走到挂在下面的一只吊架上，优美从容地在空中往下走，两手握着那根竿子，挺直身体，两脚紧紧并着。观众的人数这时已经很多，他们高声喝彩。男人们摘下帽子挥动，男孩们大声喊叫，肥胖的老女人喝了啤酒，吃了午饭，在炎热的阳光下亮晃晃的，她们对驾驶气球的女郎的身个儿咕咕哝哝地不住夸赞："她生着很美的腿！"

"是这样，"赫杰小声说，"没有几个姑娘做着那种姿态时，会显得很自在的。"接下来不知为了什么，他的脸色竟然缓缓地涨成了一种痛苦的深红色。

气球缓缓降落下来，离开帐篷不远。那个身穿亚麻布衣服的红脸蛋的人在莫利·韦尔奇脚还没有着地以前就抓住了她，把她拖到一边。乐队奏起了《风铃草》，表示欢迎。一个汗流浃背的小僮奔上前去，把一大束人造花献给了这位驾驶气球的女郎。她含笑地谢过了他，越过沙滩跑回帐篷去了。"咱们能进去看看她吗？"伊登问，"你可以向看门的人解释一下。我想要会会她。"她自己侧身挤上前去，对那个穿亚麻布衣服的人说了几句话，还从钱包里取出件什么东西来，悄悄塞到他的手里。

他们发现莫利坐在一只大皮箱面前，箱盖上有一面镜子，还有一套化妆用品散放在托盘里。她正用一件不要的无袖衬衫从颈子上把冷霜和粉揩去。

"你好，唐，"她亲切地说，"带了一位朋友来吗？"

伊登很喜欢她。她态度友好、大方，还具有一种男孩儿的、漫不经心的神气。

"是呀,这怪有意思。我挺喜欢它。"她这样回答伊登的询问,"我下来站在那个竿子上时,老想要放开手。你不像站在一个固定的吊架上那样,压根儿就不觉得自己有重量。"

外面那只大鼓咚咚地响了起来。那个宣传人员对乘船新来的人大声宣传。韦尔奇小姐最后又吸了一口香烟:"现在,你得出去啦,唐。我要换好衣服演下一个节目了。这回,我穿一件黑色夜礼服上去,在开始下降前,把裙子脱在吊篮里。"

"是呀,你出去吧,"伊登说,"在门外面等我。我呆在这儿,帮她穿衣服。"

赫杰等了很长时间,各种身材的女人撞到他身上来,连忙请求他原谅。穿红制服的小僮跑来跑去,伸出帽子去收硬币。人们吃了饭,出着汗,移动着阳伞遮挡阳光。当乐队奏起一支二拍子的圆舞曲时,游泳的人全从拍岸的海浪中跑出来看着气球上升。第二只气球颠簸着升了起来。人们开始对那个穿着黑色夜礼服的姑娘欢呼。她倚靠着绳索站在吊篮里,微微笑着。"这是一个新来的姑娘,"他们喊着,"这回不是女伯爵,你真是个美人儿,姑娘!"

那个气球女郎对这些赞美的话表示感谢,一面鞠躬一面向下望着那片海水般仰起的人脸——但是赫杰却拿定主意不让她看到自己。他一下奔到帐篷盖后面去,突然浑身冷汗淋漓,嘴里一股愤怒的苦味儿,舌头在牙齿后面感到发僵。莫利·韦尔奇穿着宽松的衬衫,戴着一顶白色的无沿圆帽,从帐篷里由他胳膊下悄悄钻出来,对着他发笑:"你带来的这是个蠢姑娘。她会得到她想要的一切的!"

"嘻,我可得跟你算账!"赫杰勉强说出这么一句。

"这不是我的过失，唐尼①。我拿她一点儿办法也没有。她出钱收买了我。你这是怎么回事？你爱上她了吗？她很安全。这就像滚木头一样容易，如果你保持冷静的话。"莫利·韦尔奇自己相当激动。她站在他身旁，抬脸望着那只漂浮的银白色锥形物，一面快速地咀嚼着一块口香糖。"现在，留神瞧着，"她突然喊起来，"她下去到木杆上啦。我劝她把这免了，可是你瞧她做得好极啦。而且她也把裙子脱了。这套黑色紧身衣裤把她的腿衬托得很好看。她把两脚并在一起，像我告诉她的那样，并且使脊背看上去很合适。瞧见那双银皮鞋发出的亮光吗——这是我想出来的一个好主意。快来迎接她吧。别乱发脾气，她做得很不错！"

莫利拧了一下他的胳膊肘儿，然后撇下像个树桩那样站在那儿的他。她跟着人们奔下海滩去了。

尽管赫杰在生气，他的目光却禁不住还是看到了那片浅浅的、不住起伏的碧蓝海水和那些全神贯注的游泳者。他们站在浪涛中，胳膊和腿被落日的斜阳照得通红，大家都手搭凉篷，抬脸注视着那个缓缓落下的银色星球。

莫利·韦尔奇和那个经理人接住了伊登，叉着她的胳膊把她换到一旁，一个穿红制服的小僮拿着一束花奔上前去，乐队奏起了《风铃草》。伊登哈哈笑着，鞠了一躬，握着莫利的一只胳膊，穿着黑色紧身衣裤和银皮鞋跑上沙滩，闪避开亲切的老女人，以及那些当场就想向她表示敬意的殷勤的公子哥儿。

等她从帐篷里穿好自己的衣服走出来时，海滩上那一带几乎已经空无一人了。她走到自己同伴的身旁，漫不经心地说道："咱们是不是最好去赶上这班船？希望你别跟我生气。说

---

① 这是唐的昵称。

真的，这非常有趣。"

赫杰看看表。"唔，这班船还有十五分钟就开。"他彬彬有礼地说。

他们朝码头走去时，一个小僮气喘吁吁地奔上前来。"小姐，您把这束花拿走啦。"他很委屈地说。

伊登停住脚，望望手里的那束用棉花做的斑斑驳驳的蔷薇："当然啦。我要留下作纪念品。你自己把这束花送给我的。"

"我献给您只是做做样子，您可不能把它拿走。这束花是演出用的。"

"噢，你们总用这一束吗？"

"一点儿不错。干这一行赚的钱并不很多。"

她哈哈笑着，把那束花扔过去给他。"你干吗生气？"她问赫杰，"我要是跟有些人呆在一块儿，就不会这么做，不过我原以为你不是那种会在意的人。莫利认为你绝对不会。"

"是什么迷住了你，使你做出这么一件傻事来？"他粗鲁无礼地问。

"我也不知道。我瞧见她下来的时候，就想试一试。这件事看上去很惊人。我做得跟她一样好吗？"

赫杰耸耸肩膀，但是内心里他已经原谅了她。

回航的船并不拥挤，不过驶过他们出去的船却挤得满坑满谷。太阳正在落下。男孩和女孩坐在长凳上，用胳膊互相搂着唱歌。伊登感到一股强烈的愿望，想要安抚一下她的同伴，想和他单独得在一起。这次气球旅行使她莫名其妙地激动起来。这是一次有趣的玩乐，可是除非你飞行后能回到一件重大的事情上来，否则是不很令人满意的。她想要受到人家的佩服和爱慕。尽管伊登没说什么，只坐在船上用胳膊软弱无力地撑着面前的船栏，娇慵地望着这个都市不断伸长的黑影和太阳的那道灿烂的余晖，赫杰却感到一股奇怪的力量使他想接近她。即使他的膝盖轻轻掠过她的白裙子，他们之间也会立即有一种先前从没有过的感应。他们根本没有谈话，但是等他们走下跳板时，她挽着他的胳膊，把肩膀紧挨着他。他感到他们仿佛给笼罩在一种高度爆炸性的气氛里，是一种微妙的、几乎令人痛苦的感觉织成的一个无形的大网。他们不知怎么已经彼此都拥有对方了。

一小时后，他们在第九街上现在早已歇业的一家法国小旅馆的后花园里吃晚饭。花园里枝叶茂密，十分凉爽，蚊子也不很多。有一伙南美人正在另一张桌上喝香槟酒。伊登低声说，如果不太贵的话，她倒也想喝一点儿。"也许，它会使我想到我又呆在气球上啦。那是一种很舒适的感觉。你已经原谅我了，是吗？"

赫杰从黝黑的眉毛下迅速而笔直地瞥了她一眼，有种什么感觉像一阵寒战那样掠过了她的全身，只不过它是温暖的、柔和的。她把大部分酒都喝了，她的同伴对酒不感兴趣。这天晚上，他对她讲的话比以前任何时候都多。她问他在他房间里看到的一幅新画：一幅奇怪的作品，里面尽是僵直的、哀求的女人身体。"是印第安人，是吗？"

"是的。我管它叫《雨灵》，再不然也许就叫它《印第安雨》。我常常到西南部去。在那里，印第安人的传说认为妇女跟下雨有关。据说她们不知怎么控制着下雨，而且能找到水源，使水泉从地下冒出来。你瞧我是想学着把人们想到的和感到的东西画出来，想摆脱掉所有那种摄影般的题材。当我看着你的时候，我看到的并不是一架照相机所会看到的，对吗？"

"这我怎么说得上来呢？"

"唔，我要是画你，就可以使你知道我所看到的啦。"赫杰的脸那天第二次又出乎意外地变得绯红，他垂下眼睛，凝视着一碟小萝卜，"那幅画我是从一位墨西哥教士讲给我听的一个故事中设想出来的。他说他是从那地方一座修道院中保存的一本手稿上看来的，而写那部稿子的一位西班牙传教士则是从阿兹特克人①那里搜集来他的故事的。他管这一篇叫《王后的四十个情人》。它多少是跟求雨有关的。"

"你是不是把它讲给我听听呢？"伊登问。

赫杰拨弄着小萝卜："我不知道这篇故事适合不适合讲给一位姑娘听。"

她笑起来："嗨，别管这个！我今儿乘气球飞行过啦。我喜欢听你说。"

她的低低的嗓音是很使人高兴的。自从他们乘上回来的船以后，她就像是他手里的黏土。他向后靠在椅子里，忘了饭食，目不转睛地望着她，开始讲起故事来。不知怎么，他感到这故事的主题那天晚上是有危险性的。

他说，这故事是在古代墨西哥的某一地方开始的。它说的是一位国王的女儿。这位公主诞生以前有一个异乎寻常的不祥之兆。她的母亲三次都梦见自己生下一些蛇来，这表示她怀的这孩子对雨神会具有支配力。蛇是水的象征。公主长大以后献身于那些雨神。术士们把求雨的种种神秘仪式全教给了她。他们费尽心思不让她接近男人，无时无刻不小心提防，因为雷公的法则是，她在结婚之前必须是处女。在她青春的岁月里，她的人民得到了很多雨水，年龄最大的人也记不起有过那样的丰年。等公主度过了十八个寒暑以后，她的父亲出去把窜扰他

---

① 墨西哥中部的印第安人。

184

的北方边境、危害到王国繁荣昌盛的一伙武装匪徒赶走。国王歼灭了入侵者，押回来许多俘虏。在这些俘虏中，有一个年轻的头领，身材比俘获他的人都高，而且气力那么大，为人那么凶恶，因此国人走上一天的路就为了来看看他。公主看到了他的魁伟的身材，又瞧见他的胳膊和胸部全画满了野兽的图案，用针刺在皮肤上，涂上了颜色，她于是请求父亲饶了他一死。她叫他对自己也施行他的技艺，在她的皮肤上刺上"雷、雨、电"的标志，然后用药草汁涂在刺了花纹的地方，像对他自己的身体那样。有好多天，公主呆在王宫的屋顶上接受着骨针的刻花。伺候她的女人们对她的坚韧不拔的精神都感到惊异，但是公主在这个俘虏面前竟然毫不害臊。结果，俘虏把针和染色剂全扔开，扑到公主身上去污辱她。她左右的妇女尖声叫着从屋顶上跑下去，叫唤站在王宫大门口的卫队，却没有一个留下来保护她们的女主人。等卫队赶来以后，他们把俘虏捆绑起来，对他行了宫刑，还割去他的舌头，然后把他当作一名奴隶赐给了"掌雨公主"。

东面的阿兹特克人的国土上当时正闹旱灾。他们的国王听到不少有关公主的求雨术的话，于是派了一个使者到她父亲这儿来，带来一些礼品求婚。公主因此嫁过去做了阿兹特克人的王后。她把那个俘虏也带了去。俘虏忠心耿耿地为她做着一切，晚上就睡在她房门外的一张垫子上。

国王把京城郊外的一座堡垒给了他的新娘子，她到那儿居住向雨神求雨。这座堡垒就叫作"王后的寝宫"，在新月初升的晚上，王后就从王宫到那里去。可是当月亮渐渐变大，趋向圆月的时候（因为雷神对她已经达到了自身的愿望），王后就又回到国王身边来。全国的旱情好转了，由于王后对星宿具有力量，下了大量的雨。

每回王后到自己寝宫去的时候，她什么仆人也不带，只带着那个俘虏，他总睡在她的房门外，在她斋戒完毕后，把食物端进去给她。王后有一块价值连城的宝石，是从太阳上落下的一块绿松石，上面有太阳的影像。每当她想要叫她在军队中或奴隶中看到的一个年轻人前来时，她就派俘虏带着那块宝石到他那儿去，作为一种暗号，叫那个人秘密到王后的寝宫来见她，商议关系到大众福利的事情。她跟有些人谈话之后，赏赐给他们一些东西，把他们打发走了；有些人她带进寝室去，把他们在她身边留上一两夜。事后，她把俘虏叫来，命令他领那个青年由他来时走的堡垒房间下面的那条暗道出去。可是为了让王后的情人出去，俘虏总把暗道石板下的一根木条抽去，换上一根灯心草茎。那个青年踏上去后，便摔进一个大洞穴去，那是一条地下河流的河床，不论什么东西扔到那里面去，全都就此不见了。俘虏在这件差事上或任何其他的差事上，从来没有使王后失望。

但是当王后派俘虏去传弓箭手的队长来时，她把队长在寝室里留了四天，常常要酒要食物，对他非常满意。到第四天，她走到房门外对俘虏说："明天，领这个人由安全的道，就是王上走的那条道出去，让他活着。"

王后的门口有一些箭，有紫的有白的。当她要国王带着卫队公然到她这儿来时，她就送一支白箭去给他，但是当她送一支紫箭去时，国王就用斗篷裹着身子，避开大门口的石神，偷偷前来。第五天夜晚，王后正和情人幽会时，俘虏送了一支紫箭去给国王，国王悄悄前来，发觉他们待在一起。他亲手把队长杀了，可是却公开审判了王后。当他们讯问那个俘虏时，他用手指说明他领着由暗道跌进河里去的有四十个人。俘虏和王后在同一天被放火烧死了。后来，那里雨水就非常稀少。

伊登·鲍尔坐在那儿听着时，微微打了一阵寒战。赫杰并没有想来讨好她，她心里想。相反的，他还想用这篇野蛮的故事来吓唬她，引起她的反感。她过去常常暗自想着，他的瘦削的、大骨骼的下巴颏儿就像他的牛头狗的，可是这天晚上，他的脸色使西泽的最凶悍、最坚决的神情都似乎是装模作样了。这时候，她正看着这个人的真实面貌。随便谁的眼睛都从来没有这样满不在意地望过她。他的两眼在察看她，并且看到了一切，看到了她掩饰起来不让利文斯顿①，不让那个百万富翁和他的朋友，不让新闻记者们看到的一切。他正在考验她，试探她，而她呢，她比自己乐意显露出的神气还要局促不安。

"这是一篇叫人毛骨悚然的故事，"她最后站起来说，一面用围巾把喉咙围好，"时间一定很晚啦，所有的人几乎都走了。"

他们像拌了嘴的人，或是像彼此都想甩掉对方的人那样走下第五街。赫杰在十字路口过街时并没有挽着她的胳膊。他们在广场上也没有停留。到了她的房门口，他并没有使用利文斯顿那儿那些小伙子们惯用的手法。他像个柱子似的站在那儿，连帽子也忘记摘下来，生硬、吓人地瞥了她一眼，咕哝了一声"晚安"，很响地把自己的房门关上了。

这天晚上，就伊登·鲍尔说来，睡觉是不可能的。她的头脑像架机器那样一刻不停地转动。在她脱去衣服以后，她躺在敞开的窗口那张长沙发上，吸着一支香烟想使自己的神经松弛下来。但是她愈来愈睡不着，心里不住地和赫杰的眼睛里整个儿晚上燃烧着的那种挑逗神色搏斗。气球是一件令人兴奋的

————————

① 她的歌唱老师。

187

事，酒又是另一件，不过像一下打击使一个高傲的人满心愤慨那样，使她心头不能平静的是，那个画家把他的那篇残忍的故事讲给她听时，两眼望着她的那种怀疑，那种轻蔑，那种嘲弄对立的神气。她回想到人群、气球，那都很好，但是女人的主要冒险活动是在男人方面。她当时情绪过于激动，生活意识又过于强烈，因此她想到屋顶上去在星光下走走，航行过那片海洋，立即面对着她始终并不害怕的一个境界。

赫杰一定睡着了，他的狗已经不在那道双扇门下嗅来嗅去了。伊登披上晨衣，穿上拖鞋，轻轻地走过道里的旧地毯。她刚走到那道梯子下时，一条松弛了的木板吱嘎响了一声。活动天窗敞开着，天气炎热的夜晚一向总是这样。她走到外面屋顶上后，深深地吸了一口气，抬脸望着天空，横着走了过去。她一只脚碰到了一件柔软的东西，只听见一声低沉的闷叫。说时迟那时快，西泽的锐利的小牙齿一下咬住了她的足踝，等待着。它的呼吸喷在她的腿上像蒸汽一样。以前，从来没有谁闯上它的这个屋顶来。它渴望主人做一个手势或是说一句话，让它用牙去咬。相反的，赫杰一手紧紧地卡住了它的喉咙。

"等一会儿。我先去跟它算账。"他严厉地说，一面把狗拖向那个入口处，走下梯子不见了。等他回来的时候，他发现伊登站在那个黑魆魆的烟囱旁边，带着一种气恼的姿态朝远处望去。

"我用棒子狠狠揍了它一顿，"他喘息着说，"当然，你一点儿声音也听不见。我揍它的时候，它从不叫唤，它没有咬伤你吧？"

"我不知道它咬没有咬破点儿皮。"她十分委屈地回答，仍然朝着西方望去。

"我要是你的一个穿白裤子的朋友，那就会划支火柴来看看你有没有受伤,尽管我知道你并没有,因为那样我就可以看看你的足踝啦,对吗?"

"大概是这样。"

他摇摇头,两手插在那件绘画穿的旧上衣的口袋里站在那儿。"我实在干不来小伙子们耍的这种种花招。如果你想独个儿待在这儿,我就离开。除了这儿,还有许多地方我都可以去过夜。但是如果你待在这儿,我也待在这儿——"他耸了耸肩膀。

伊登并没有动,她也没有答话,只把头微微垂下,仿佛在考虑那样。可是等他用胳膊拥抱起她来时,他们两人都同时开口说话,像人们在歌剧中所做的那样。这样公然倾吐了爱慕之情,顿时引出了一大阵对琐碎事情的供认。赫杰说出了自己犯下的罪行,受到了责备,又获得了宽恕。伊登现在知道,自己最近发觉他脸上那么恼人的那种神色是因为什么了。

他们靠着黑魆魆的烟囱站在那儿,后面是苍天,前面是深蓝色的阴影,看上去就像那一时期赫杰自己画的一幅画。两个人影,一黑一白,什么别的也辨别不出来,只知道他们是一男一女。面貌全看不清,轮廓在黑暗中也模模糊糊,但是形影却是一男一女,而这就是他们最为重要的一切,这就是他们不可思议的美——和谐匀称的美,他们最后便在那种和谐匀称中步过屋顶,走下那个黑洞孔去。他走在前面,轻轻地拉着她。她很缓慢地走下来。那个漫长的一天中的紧张兴奋、虚张声势与捉摸不定,似乎一下子全对她产生了影响。当他的脚踏到了地毯上,他伸出手去扶她下来时,她像久别重逢那样用两只胳膊紧紧抱着他的脖子,转过脸对着他,还有她那满含着青春与热情的芬芳的双唇。

星期六下午，赫杰坐在伊登的音乐室窗口，他们正看着鸽子从不知在哪儿的饲养场上飞了过来，在屋顶上空盘旋。

"咱们干吗不拾掇一下通进你工作室的那两扇大房门，"伊登突然说，"使它们好开关？那样，如果我要找你，就用不着穿过过道啦。那个插画家新近常逛来逛去。"

"只要你乐意，我就把它们打开。门闩在你这面。"

"你那面不也有门闩吗？"

"没有。我想在我搬来以前，有个男人在那儿住了好多年。这两间房护士总是自己住。锁当然是在女人的这一边喀。"

伊登哈哈笑了，开始去察看门闩。"它全给漆粘住了。"她四下张望，目光瞥到了一只青铜佛像上，这是护士收藏的一件珍宝。她抓住佛像的头，用坐着的臀部对准门闩敲了一下。那两扇门吱嘎响了一声，凹下去点儿，微微向内晃动了一下，仿佛它们已经太旧，经不起这种恶作剧了。伊登把那个沉甸甸的偶像扔进了一张塞满东西的椅子。"这好多啦！"她洋洋得意地喊道，"这么说，门闩总在女人的这一面喀？有多少事情社会上都想当然，以为就是那样！"

赫杰哈哈笑着，一跳站起身，很粗鲁地握住了她的胳膊："有谁想当然，以为你就是这样——有过谁吗？"

"人人都是这样。这就是我来到这儿的缘故。你是唯一知道点儿我的真实情况的人。现在，要是咱们出去吃饭，那我就得去穿衣服啦。"

他拖延了一会儿，继续握着她。"但是我不会永远是唯一的人，伊登·鲍尔。我不会是最末一个。"

"唔，我想不会，"她漫不经心地说，"但是这有什么关系呢？你是第一个。"

一声长长的、绝望的哀号打破了那片暖烘烘的寂静气氛。他们俩分开了。西泽伏在黑暗的角落里自己的窝内，对阳光这样侵袭进来不禁抬起了头。它看到房间的这一面已经打开，自己的全部天地已经由于这一改变而遭到了破坏。他的主人和这个女人站在那儿，正在嘲笑它! 这个女人正在扯这个最强有力的男人的乌黑长发。男人低下头，听任她扯。

六

当然，他们后来又拌起嘴来，而且是为了一个抽象观念——像成年人几乎决不会做，而年轻人则常做的那样。有天下午，伊登回来得很晚。她是跟一些搞音乐的朋友到伯顿·艾夫斯的工作室去吃午饭的。这时，她正在给赫杰讲那地方多么华美。他听了一会儿，然后把画笔扔下。"我完全知道那是什么情形，"他急躁地说，"是构想出的一个很好的百货店式的工作室。那是一处给人参观的地方。"

"唔，是很华丽。他还说我可以领你去见见他。那些小伙子告诉我，他非常和蔼，总给人家帮忙，你也许可以从这一点上得到点儿好处。"

赫杰一下站起身，把他的画幅推到一旁："我从伯顿·艾夫斯那儿能得到点儿什么呢? 他简直是世界上最糟糕的画家了，我是说最愚蠢的。"

伊登生起气来。伯顿·艾夫斯一直待她很好，还请她容他替她画一幅画像。"你总得承认他是位很成功的画家。"她冷冷地说。

"他当然是啰! 随便哪个乐意画那种画的人，都会成功。把纽约所有的钱全给我，我也不画他那种画。"

"嗨,我看到过不少幅他的画,我觉得它们都很美。"

赫杰很生硬地鞠了一躬。

"如果谁也不知道你,做个大画家又有什么用?"伊登劝说着,"你为什么不画人们可以理解的那种画,等成功以后,再画你乐意画的随便什么作品呢?"

"由我看来,"赫杰粗暴地说,"我很成功。"

伊登四下瞥了一眼。"哟,我可瞧不出什么成功的迹象,"她咬住嘴唇说,"他有一个日本仆人和一个酒窖,还养了一匹乘骑的马。"

赫杰软化下来点儿:"亲爱的,我享有世界上最昂贵难得的东西。我比伯顿·艾夫斯奢侈多啦,因为我工作除了为自己外,并不讨好任何人。"

"你意思是说,你可以赚钱而你不要吗?说你不想要有一批欣赏的公众吗?"

"一点儿不错。公众只需要一再画过的东西。我是在为画家——还没有诞生的画家——绘画。"

"我要是把艾夫斯先生领到这儿来看看你的画,你打算怎样呢?"

"哎,瞧在上帝份上,务必不要这么做!在他离开以前,我大概就会告诉他我对他是怎么个看法了。"

伊登站起身来:"我真拿你没办法。你心里很清楚,只有一种成功是真正的。"

"对,不过它可不是你所说的那种成功。这样看来,你一直认为我是一个二流的小画家,需要一个时髦的大画家来提携一下了?那么你究竟干吗要跟我来往呢?"

"跟你讲理压根儿就没用,"伊登慢吞吞地朝房门口走去时,说,"整个儿下午我一直在设法给你牵线,结果竟然是这样。"她原先以为那位大人物要来访问的消息，会受到完全不同的对待，所以乘驿车回家来的时候，一直在想着自己可以如何像用一根魔杖那样，使赫杰的前途光辉灿烂，使他趁着成功顺遂的潮流从默默无闻的困境中漂浮出去，看到他的姓名刊登在报纸上，他的绘画陈列在第五街的橱窗里。

赫杰很呆板地把那根盛夏用的皮带啪的一声扣在西泽的颈圈上。他们跑下楼梯，匆匆地穿过沙利文街向河边走去。他想要去到粗鲁、正直的人当中，想下去走到大车颠颠簸簸地驶过铺路石，男人们穿着灯芯绒裤子、衬衫领口敞开的那种地方去。在海滨一家生意日见清淡的酒吧间里，他停下来喝了杯酒。在他的一生中，他从来没有受到过这么大的损害。他不知道自己竟会给惹得这么不痛快。他已经把自己的秘密全部告诉了这姑娘。在这些闷热的夏夜，他曾经在屋顶上紧紧握着她的双手，把自己对世界正等待着的一种尚未诞生的艺术的朦胧想法，全解释给她听过，他曾经解释得比以前对自己所讲的还要清楚。可是她却只看到住宅区那个工作室里的种种陈设，渴望他也能有那些。在她看来，他不过是一个没有成名的伯顿·艾夫斯。

那么，像他对她所说的，她干吗要和他亲近呢？她年轻、美貌，又有才能，干吗要在一个卑微的人身上浪费光阴呢？怜悯吗？不大可能，她并不感情用事。真拿她没法解释。可是在这次看来如此大胆、如此命中注定的热恋中，他自己的处境现在显得荒谬可笑。他是一个没有金钱、没有声名的穷画匠——是她忽发奇想，想要给他带来许许多多恩惠。赫杰把牙齿磨得嘎嘎作响，在他身旁跑着的狗也听到了，连忙抬起头来望望。

他们在牡蛎铺吃晚饭的时候，他就筹划着自己的逃跑。不论他什么时候再看到她，他讲给她听的一切，他本不该讲给任何人听的话，就会又回上心来。尽管他崇拜那位画家，一路跑到法国去见他，可是就连对他，赫杰也始终不曾私下谈过这种种想法。在她看来，这种种想法一定就是他没有马匹，没有贴身仆人的辩解，再不然就只是一个软弱的人幼稚无聊的吹牛。然而，如果这天夜晚她悄悄地拉开门门闩，从那扇门走过来，说："嗳，软弱的人，我是属于你的！"他怎么办呢？危险就在这上面。他这天晚上就搭乘火车到长滩①去。下一天，他再往前走，去到长岛北端，他有位老朋友在沙丘当中有一个夏季工作室。他就待在那儿，等情绪平静下来再说。她可以去找一个漂亮的画家，再不然就接受她的惩罚。

他回家的时候，伊登的房间里一片漆黑，她到外面什么地方吃晚饭去了。他把自己的东西放进随身携带的一只手提包，捆扎起了一些颜料和画布，接着就跑下楼去了。

七

五天以后，在星期日的一列肮脏、拥挤的火车上，赫杰作为一个烦躁不安的旅客，正在回到市区里来。当然，他这时已经看清楚，指望亨廷顿的一个姑娘知道点儿关于绘画的事，这是多么不合理的。在这片大陆上，尽是些对绘画一窍不通的人，可他并没有因此就反对他们。这种事情跟他和伊登·鲍尔有什么关系呢？当他躺在外面沙丘上，看着明月从海上升起时，他觉得世界上没有什么像伊登·鲍尔那样美妙的人物了。他正在回到她的身边去，因为她比艺术还要持久，因为她是进入他生活中来的最推拒不了的人物。

前一天，他写了一封信给她，请她这天晚上待在家里，告

———————————
① 美国纽约州东南部长岛西南部的一个城市。

诉她自己很后悔，很痛苦。

这时候，既然他正回到她那儿去，他的较为强烈的情感莫名其妙地变成了一种嬉戏、亲切的心情。他想要和她同享一切，就连最琐细的事情也不例外。他想要告诉她火车上人们的情形，他们度完假疲乏地归来，手里拿着一束束凋谢的花儿和肮脏的雏菊。他想要告诉她，她常常叫他去买大虾的那个鱼贩子也在旅客当中，他穿了一件绸衬衫，打了一条碎花领带，乔装改扮了一番，而他的女人样子活像一条鱼，连眼睛也像，因为她眼睛上长了白内障。他还可以告诉她，自己连画布都没有打开——这应该可以使她相信。

那时候，旅客们总由长岛乘渡船进入纽约市。赫杰不得不赶快把狗从捷运车厢领出来，以便赶上第一班渡船。东河①，那一道道桥，以及西面的市区，全在落日的斜阳下发出火红的光辉。空气里含有那种傍晚归家时美好的意味。

从第三十四街调换的车子太多，太令人迷糊。赫杰有生以来第一次乘了一辆双轮双座马车到华盛顿广场去。西泽笔直地坐在他身旁破旧的皮坐垫上。他们慢悠悠地驶去，一面蓦然地望着车外世上其他的人们。

他们驶下第五街前一段进入广场时，已经暮色苍然了。通过他们后面的弓形门，可以看到那两长行浅紫色的灯火，衬着灰石头和沥青通常总光辉灿灿。广场上四处悬挂着一些球形灯，放射出一种有点儿像黄昏青蓝色薄雾的亮光，等天色昏暗下去时，就柔和地闪亮起来，像星星在稀薄的蓝空中闪亮起来那样。在它们下面，树木的轮廓鲜明的黑影映在破裂的路面和沉睡的野草上。赫杰把车钱付给马车夫，走进了那所宅子——

① 美国纽约州东南部的一道海峡，把长岛和曼哈顿岛分隔开。

摇钱树 ◈ 美国文学经典 ◈

195

谢天谢地，那所宅子还在那儿！这时候，最早出现的星星和最早亮起的灯光在渐渐黑下去的天色下，正变成银白色。在过道里那张桌子上，放着他前一天写的那封信，没有拆开。

他走上楼去，心里七上八下，又是担心，又是盼望，就好像老虎在撕裂他那样。在顶层的过道里，煤气灯为什么没有点亮呢？赫杰找到了火柴和煤气灯管。他敲了敲房门，没有人回答，房里没有人。在他自己的房门口，整整放有五瓶牛奶，摆成一排。送牛奶的孩子这样恶作剧地开了个玩笑来提醒他，他忘了停订了。

赫杰走到楼下地下室去。那儿也一片漆黑。看门女工正坐在地下室台阶上乘凉。她神气活现地坐在那儿挥动一把棕榈叶扇子，肮脏的印花布衣服领口敞开着。她顿时就告诉他，宅子里有了些"变动"。鲍尔小姐的房间又要出租了，钢琴明天就搬走。不错，她昨天离开的，跟芝加哥的一些朋友乘船到欧洲去了。他们先打了好多份电报来，然后在星期五来了。据说他们是很阔气的人，尽管那个男人不肯多付给护士一个月的租金，作为他事先没有通知她的赔偿。那样做实在也应该，因为那位年轻的小姐原来说好要住到十月的。弗利太太还说，那个男人对于她和威利所出的力也没有多付一点儿钱，可他的确使他们出了很不少的力。不错，年轻的小姐倒还讨人欢喜，可是护士说，桃花心木桌面上有些印子，是她放啤酒杯和小酒杯留下的。她搬走了只有好。芝加哥来的那个男人举止很傲慢，不过长相并不好。她推测他身体大概很差，因为他瘦得衣服里就像没有人那样。

赫杰慢吞吞地走上楼梯——这道楼梯从来没有显得这么长，他的两条腿也从来没有感到这么沉重。楼上一片空虚、寂静。他把自己房门的锁打开，点亮了煤气灯，推开窗子。当他去把上衣挂在衣橱里时,他发现有一件他喜欢看见她穿的浅肉色的晨衣香喷喷的挂在他的衣服当中——啊,一股依然是伊登·鲍尔的香味!他把橱门在身后关上,在那片黑暗中有一刹那失去了男子汉的气概。在他紧紧抱着这件晨衣时,他才发现口袋里有一封信。

这封短信是用铅笔匆匆写成的:他生气了,她很抱歉,不过她还是不知道自己究竟做了什么错事。她本来以为艾夫斯先生对他会有点儿帮助,她猜想他是太骄傲了。她非常想再看见他,可是在他离开她以后,"命运"竟然来敲她的门,她很相信"命运"。她决不会忘记他,她还知道他将成为世界上最了不起的画家。现在,她必须收拾行李去了。她把晨衣留下来,希望他不会在意。不知怎么,她决不能再穿这件晨衣了。

赫杰站在煤气灯下看完这封短信以后,回到衣橱里去,在墙壁面前跪下。那个木节孔已经用一团湿纸塞上了——就是她写信用的这种蓝颜色的信纸。

他受了沉重的打击。那天晚上,他不得不忍受整整一生的寂寞。他非常知道自己的为人,简直无法相信自己竟然会碰上这样一件事,那样一个女人会心甘情愿地躺在他的怀抱里。现在,这件事已经结束了。他熄了灯,在那扇大窗子面前自己绘画的凳子上坐下。西泽呆在他身旁的地板上,把头伏在主人的一只膝盖上。我们必须就这样撇下赫杰:让他带着他的狗坐在他的"牢房"里,抬脸望着星星。

来了啊,阿芙罗狄蒂!这篇传奇的标题用电灯盘写在列克星敦歌剧院的屋顶上,早已说明,伊登·鲍尔在巴黎取得了好多年惊人的成就后,就要回到纽约来了。她最终在一家美国歌剧公司的安排下来了，不过带着她自己的chef d′ orchestre[①]。

十二月一个晴朗的下午，伊登·鲍尔乘坐自己的汽车驶下第五街，到威廉斯街她的经纪人那儿去。她一心尽在想着股票——塞罗·德帕斯科[②]，她应该买上多少呢？这时，她突然一抬头，认识到自己正由华盛顿广场的旁边驶过。自从十八年前她乘坐一辆老式的四轮出租马车驶离这地方，去寻找出路以后，她一直就没再见到这地方。

"Arrêtez, Alphonse。Attendez moi。"[③]她喊着。接下去阿尔方斯还没有来得及伸手开门，她已经把车门打开了。穿着四轮滑冰鞋在沥青上疾驶的孩子们，看见一个穿着皮长大衣和不太高的高跟鞋的女人从一辆法国汽车上下来，用皮手笼遮着下巴颏儿，在广场上缓缓地漫步。这地方至少没有多大改变，她心里想：同样的树木，同样的喷水池，白色的弓形门，以及那边，为自由拔出剑来的加里巴尔迪塑像。那里，正在她的对面，就是那所红砖的老宅子。

"不错，是那地方，"她心里想着，"我都可以闻到地毯的那股气味，还有那条狗的气味了——那条狗叫什么来着？走道尽头的那间肮脏的洗澡房，那个令人可怕的赫杰——不过，他还是有点儿才气，你知道——"她抬头看了一下，对着阳光直眨眼睛。一群鸽子从广场南面那片人烟稠密的地区里某一地方飞了起来，迅速地盘旋向上，飞入灿烂的碧空。她抬起头来，把皮手笼更紧地遮着自己的下巴颏儿，带着一种惊奇高兴的微笑注视着它们。这么看来，这些鸽子还从那一大片泥土、污垢和嘈杂声中飞了起来，倏忽而过，一片银白，就和那年夏天它们

---

① 法文，意思是："乐队指挥"。
② 这是指一家公司的股票。
③ 法文，意思是："停车，阿尔方斯。等着我。"

常常飞起时一样, 那年夏天她才二十岁, 曾经在科尼岛上乘坐一只气球飞入空中!

阿尔方斯打开车门, 把她的衣服替她提起来塞塞好。在驶往闹市区的路上, 她的思想一直没能集中在塞罗·德帕斯科上面。她始终笑盈盈的, 抬脸望着天空。

当她办完了在经纪人那儿要办的事以后, 她请经纪人在电话簿上查一查画商加斯东·朱尔先生的地址, 然后把他写上地址的那张纸条轻轻塞进手套去。等她到达叫作法兰西画廊的那地方时, 已经五点钟了。她走进去后, 把名片递给招待人员, 请他拿给朱尔先生去。画商迅速走了出来, 请她到他私人办公室去。到那儿他推了一张大椅子到办公桌旁边请她坐下, 然后做了个手势叫秘书离开那间房。

"你这里灯光多么好啊," 她四下瞥了一眼, 这么说, "我在西蒙的工作室里会见过你, 对吗? 噢, 不是这样! 我从来不会忘记一个使我感兴趣的人。" 她把皮手笼扔在他的办公桌上, 一下子在那张很深的椅子上坐下。"我来找你打听一件不属于我的本行的事情。你知道不知道点儿一位姓赫杰的美国画家的情况呢? "

他在她对面的座位上坐下: "是唐·赫杰吗? 但是, 说真的, 他有些挺有意思的作品陈列在弗—— 那儿的一次展览会上。你要是乐意去——"

她举起一只手来: "不成, 不成。我没有时间去看画展。他是一个相当重要的画家吗? "

"当然啦。他是现代派里第一流人物之一。那就是说, 在地道的现代派里。他老在创作出一些独特的东西来。他的作品时常在巴黎展出, 你一定看见过——"

"没有, 我告诉你我不去看画展。他非常成功吗? 这就是我想要知道的。"

朱尔先生捋着他的灰白的短口髭。"不过,女士,成功可有许多种。"他审慎地开口说。

伊登女士简慢地笑了笑:"是呀!他过去总这么说。我们以前为这问题争吵过。你说他的成功是属于哪一类呢?"

朱尔先生沉思起来:"对所有年轻人来说,他是一位了不起的名人,他在美术方面肯定是一个很有影响的人物。但是对于一个有创见的、脾气古怪的人,一个老在改变的人,你实在无法把他确切地归入哪一类。"

她打断了他的话:"他在国内常给人提起吗?我意思是说在巴黎?多谢多谢。我要知道的就是这些。"她站起身来,开始把大衣扣好,"一个人就算在二十岁,也不乐意是个大傻子。"

"Mais, non!" ①朱尔先生快速、同情地瞥了她一眼,把皮手笼递给她。那间铺上地毯的陈列室这时候已经停止开放,用粗布幔遮起来了。他跟在她身后穿过那间陈列室,说了一些感谢的话,感谢她来光临,这样把她送上了汽车。

伊登·鲍尔向后靠在车垫上,闭上了眼睛。街灯的阴沉沉的橘黄色亮光闪射到了她的脸上,她的脸变得冷漠无情,像一个石膏模型,一阵强劲的清风吹起的船帆,在风突然平息下时,就显得像那样。明天晚上,那阵风又将刮起来,面具将是阿芙罗狄蒂那张绝美的脸。但是,就连运气最好的人,一帆风顺的生涯中也不免有其创伤。

(主　万译)

---

① 法文,意思是,"当然不咯!"

编后记

薇拉·凯瑟（1873—1947）是美国本世纪初出现的一位杰出的女作家，后来甚至被认为是二十世纪美国最优秀的小说家之一。她因颇具特色地反映了美国中西部大草原开发时期艰苦而富于朝气的生活而闻名于世。

薇拉·凯瑟九岁时随父母来到内布拉斯加，童年时代便被草原的广阔和富饶以及拓荒者为建立家园而辛勤奋发的生活所吸引，在受到欧美古典文学和《圣经》等的熏陶同时，她与来自北欧、东欧的移民朝夕相处，热爱他们，熟悉他们。这一切为她日后的文学创作奠定了基础。

薇拉·凯瑟的成名之作是《啊，拓荒者！》和后来的《我的安东尼亚》等长篇小说。正如她在给友人赠书时的题词所说："在这书里，我才总算写出了草原的面貌……"

薇拉·凯瑟的短篇小说也颇为世人瞩目。一九〇五年短篇小说集《洞仙园》出版后，便得到一位有眼光的杂志出版人麦克卢尔的赏识，特地邀请她去纽约担任杂志的副主编，本集中的《保罗的一生》便是那个时期的名篇。

评论家们一般都认为她的长篇小说《我的安东尼亚》是她的最佳作品，但素以文体严谨著称的凯·安·波特却独具慧眼地说，她"最喜欢的是薇拉·凯瑟的两部短篇小说集。这些作品至今还带着一股早晨的清新气息，活在我们的记忆之中……"由此可见，她不甘心抱残守缺，而力求忠于生活，忠于艺术，在短篇小说创作上，不论是题材的新颖、文字的清新质朴和结构的严谨等哪一方面，都是卓有成效的。

薇拉·凯瑟在创作中表现出对纯真、善良的无私者的热爱，她热情赞扬在荆棘中勇敢开拓的平凡者。这些都受到读者的崇敬。但作为一个从小在正统英国基督教家庭中成长的老一代女作家，她的精神世界存在着不少弱点和矛盾。难怪英国文学评论家盖斯马尔曾评论过她是"平等社会结构中的一个传统贵族"、"工业社会中一个重农作家"、"愈来愈重物质的文明中一个精神美的捍卫者"。与此同时，她在美国文学中的重要地位也愈来愈得到公认，被看作是近代美国经典性的小说家之一。

薇拉·凯瑟的短篇小说为数并不多，却被反复选入各种集子。这次编选的八个短篇，大都是她的著名作品，有几篇中可以看到她对草原生活以及与之有关的人物所流露的深厚感情。其中对美国社会中的资产者的性情狡诈、精神空虚、知识浅薄以及其腐朽没落的心灵的揭露，颇多独到之处。

图书在版编目（CIP）数据

摇钱树/（美）凯瑟著；陈良廷等译. —— 南昌：
百花洲文艺出版社，2014.5
（外国文学经典阅读丛书. 美国文学经典）
ISBN 978-7-5500-0929-5

Ⅰ.①摇… Ⅱ.①凯… ②陈… Ⅲ.①中篇小说－小
说集－美国－现代②短篇小说－小说集－美国－现代
Ⅳ.①I712.45

中国版本图书馆CIP数据核字(2014)第072434号

摇钱树

[美] 薇拉·凯瑟　著

陈良廷等　译

出 版 人	姚雪雪
责任编辑	余 茳 张 英
美术编辑	彭 威
出版发行	百花洲文艺出版社
社　　址	南昌市红谷滩世贸路898号博能中心A座9楼
邮　　编	330008
经　　销	全国新华书店
印　　刷	江西千叶彩印有限公司
开　　本	787mm×1092mm 1/16　印张　13
版　　次	2014年9月第1版第1次印刷
字　　数	160千字
书　　号	ISBN 978-7-5500-0929-5
定　　价	22.00元

赣版权登字　05-2014-107

邮购联系　0791-86895108
网　　址　http://www.bhzwy.com
图书若有印装错误，影响阅读，可向承印厂联系调换。